Im Januskopf des Mittleren Ostens

Peter Spielmann
Im Januskopf des Mittleren Ostens

Zwei Reiseskizzen aus dem Libanon und Aleppo

Bibliografische Information der Deutschen Nationalbibliothek
Die Deutsche Nationalbibliothek verzeichnet diese Publikation
in der Deutschen Nationalbibliografie; detaillierte bibliografische
Daten sind im Internet über http://dnb.d-nb.de abrufbar.

© 2018 Peter Spielmann
Grafik: Hamik/ Shutterstock.com
Umschlagdesign, Satz, Herstellung und Verlag:
BoD – Books on Demand
ISBN 978-3-7528-9052-5

Inhalt

Kapitel 1
2017 – Nachtmeerfahrt nach Syrien

Mythisches Vorspiel

»Heiter sind die Tage des Orients,
und seine Nächte träumerisch …« (1)

Yussuf Simon Assaf, ein libanesischer Dichterfreund und profunder Kenner der arabischen Seele, begann mit diesen Worten seine Hymne auf den Orient, ohne zu wissen, was sie in mir auslösen würde. Eines Tages packte ich noch gänzlich unerfahren in Fragen des Orients mit seinen komplizierten ethnopolitischen und religiösen Spannungen meine Koffer, um aufzubrechen und die Seele des Orients zu erspüren. Diese Suche sollte bis heute andauern und mich durch Höhen und Tiefen der Erfahrung des Mittleren Orients begleiten.

Tief unten im Reisegepäck meiner Gedanken ruhte der Mythos vom Göttervater Zeus, der sich in einen Stier verwandelte, um Europa, die hübsche Tochter des phönizischen Königs Agenor und der Telephassa zu entführen.

Es geschah an einem Frühlingsmorgen in voller Blütenpracht, so erzählt eine der Varianten des Mythos vom »Raub der Europa« (2), dass sich Zeus in zwei Kontinente zugleich, in Asia und in Europa, beide in Gestalt einer Frau, verliebte. Als Cupido Bogen und Pfeil nahm und ins Herz des Zeus seinen Pfeil schoss, gab es für Zeus kein Zurückhalten mehr. Er verwandelte sich in einen prachtvollen Stier, schlüpfte in ein »festlich kastanienfarbenes Gewand und setzte sich eine Silberscheibe an die Stirn, aus der ein Horn in Form einer silberfarbenen Mondsichel emporragte.« Er duftete verführerisch nach Wiesenblumen und gab so harmonische Laute von sich, wie sie eine Flöte nicht hätte hervorbringen können.

Schließlich legte er sich Europa zu Füßen und bot ihr seinen breiten Rücken an.

Europa schwang sich entzückt darauf, und so durchwogten

beide begleitet vom Wind und von den Nereiden das Mittelmeer, wobei die Hufe des Göttervaters, so der Mythos, das Wasser nicht berührte. Er schwebte über dem Wasser. Unterdessen hielt sich Europa am Horn ihres Geliebten fest. Aber Europa hatte Angst. Um sie wegen des gewaltsamen Eingriffs in ihr Leben zu besänftigen, gestand ihr Zeus seine Liebe.

Am Strand von Kreta angekommen, wo die Mutter von Zeus ihr Kind vor dem Vater Chronos verborgen hatte, wurde Europa von den vier Jahreszeiten empfangen, die ihr den Brautschmuck anlegten. Aus der Liebesheirat gingen drei Söhne, darunter das Brüderpaar Minos und Rhadamanthys hervor. Auf Grund ihrer Liebe zu Recht und Gerechtigkeit wurden beide berühmte Könige und Richter auf Kreta und dann in der Unterwelt.

Welch zutreffender Hymnus auf Europa und den Mittleren Orient, der tief in die Seele des europäischen und asiatischen Menschen blicken lässt!

Für den griechischen Mythendichter ist Europa göttlichen Ursprungs: Sie stammt aus der Levante, dem Land der aufgehenden Sonne. Ihre Heimat ist im Frühling in der Tat mit Feldern von Blumen übersät und trägt paradiesische Züge, die viele Dichter des Orients inspiriert haben. Verliebt in den höchsten Gott wird sie seine Braut und bringt aus dem Orient die Verehrung des Stierkultes mit, den nicht nur die Kanaanäer pflegten. Im Mithraskult Roms sollte er bis zum Ende der Antike seinen Widerhall finden. Als Ausdruck ihrer Liebe wird Kreta zur Kinderstube Europas. Von ihren drei Kindern werden zwei wegen ihrer Achtung vor Recht und Gerechtigkeit berühmt werden. Sie spiegeln den Respekt der orientalischen Menschen vor dem europäischen Rechtsempfinden.

Anregend ein weiteres romantisch anmutendes Detail: Der Mythendichter ist ganz offenkundig von den vier Jahreszeiten, die Europa empfangen, fasziniert: Im Orient gibt es zumeist nur deren drei. Der Winter entfällt ganz einfach in manchen Jahren, aber nicht immer, so in dem Jahr, in dem ich in den Libanon und dann nach Syrien aufbrach.

»Ihr habt Wärme und Licht gebracht!«

Eines zumindest scheint der Mythendichter nicht vorhergesehen zu haben: Dass die beiden Geliebten des Zeus, Asia und Europa, in unseren Tagen erneut in einen Menschen verachtenden Krieg geraten würden, und dass Europa sogar Söldner und Söldnerinnen für den Krieg gegen Asia stellen würde, die in ihrer Grausamkeit und in ihrem Hass an die Zeit der Barbaren erinnerte. Und dies sogar im Namen der Religion.

Der Mythos geht mit Pathos offenkundig immer Hand in Hand, vor allem dann, wenn der zeitgenössische Beobachter erkennen muss, dass Chronos, der Gott mit seiner todbringenden Sense, den man schon überwunden glaubte, wieder neu zum Leben erwacht. Der Lichtgott Zeus mit seiner Ordnungskraft innerhalb des Götterhimmels, der archetypisch den Seelenhimmel eines jeden Menschen überspannt, wird von seinem Vater entthront und mit dem Leben bedroht: Zu Beginn des 21. Jahrhunderts lodert wieder das Feuer zwischen Europa und Asia auf, nicht das Feuer der Liebe, sondern das Feuer der Zerstörung und des Todes.

Es dauerte lange, viel zu lange, bis dieses Feuer, das seit dem Frühling 2011 mit einem friedlichen Knistern bei Demonstrationen im arabischen Raum begann, das Bewusstsein breiter Schichten der deutschen Bevölkerung erfasste. Zuviel naive Hoffnung hatte man auf die Arabellion in Syrien und im übrigen arabischen Raum gesetzt, zu belastet und verhärtet waren die Fronten zwischen der Regierung Baschar al-Assads, seinen

Bündnispartnern und den zahllosen sich immer neu formieren-
den Oppositionsgruppen. Zu janusköpfig war der Blick Syriens.
Er ging nach Westen und nach Osten zugleich, zurück in die Vergangenheit und hoffnungsvoll in die Zukunft, zum Islam und zum
Christentum. Zu sehr weitete sich der Krieg zu einem überregio-
nalen Konflikt zwischen den Großmächten aus, zu undurchsich-
tig und verkrustet das Amalgam aus religiösen, weltpolitischen,
ethnischen, historischen und sozialen Gründen, die bis heute
nicht geklärt sind.
Perspektiven für ein Friedensbündnis im Land sind bis heute in
weite Fernen gerückt.

Dies zeigt ein erster Brief aus Syrien, der mich 2014 erreichte:

*»Die Zerstörung Syriens hat ihren Höhepunkt erreicht. Was vor
drei Jahren als Volksbewegung begonnen hatte, hat sich zum to-
talen Bürgerkrieg entwickelt, der von regionalen und weltwei-
ten Kräften genährt wird und den ganzen Mittleren Orient zu
verschlingen droht. Die Kämpfe und Grausamkeiten nehmen
auf beiden Seiten zu, und die Gefahr, dass der Konflikt die Grenzen überschreitet, wird immer größer.*
*Für die Bevölkerung ist das Leben an vielen Orten sehr schwie-
rig geworden: Attentate und Straßenkämpfe, Angst, Steigerung
der Lebenshaltungskosten, die Schwierigkeit, Gas und Öl auf-
zutreiben, Mangel an Wasser und Strom. Falls man sein Haus
verlassen kann, läuft man Gefahr, nicht mehr zurückzukehren,
denn die Granaten und Raketen fallen unvorhergesehen. Be-
ängstigend sind die Straßensperren. Viele christliche und mus-
limische Familien sind auf der Flucht in den Libanon oder ins
Ausland, zumindest für den Augenblick. Man zählt mehr als
vier Millionen Flüchtlinge, die in den Grenzgebieten unterwegs
sind und vier Millionen Vertriebene im Lande selbst.*
Syrien leidet besonders. Die Lebenshaltungskosten sind erschre-

ckend hoch und in unerträglicher Weise für die Menschen, sogar für die Mittelklasse, gestiegen. In einigen Regionen oder Vierteln leben die Leute gerade von dem, was ihnen an humanitärer Hilfe zuteil wird. Für viele Syrer gibt es heute keine Arbeit mehr: Labore und Industrien sind zerstört, besetzt oder sind wegen des internationalen Embargos geschlossen. Es fehlt an Wohnhäusern. Sie wurden zerstört und werden ebenfalls besetzt. Es fehlt auch an Medikamenten; denn zahlreiche Ärzte sind ins Ausland geflohen, aus Angst, entführt zu werden. Das Gesundheitssystem kann das Heer der Verletzten und die Kosten für die Allgemeinmedizin nicht mehr tragen. Früher garantierte der Staat die Bezahlung auch sehr teurer Medikamente, aber jetzt nicht mehr. Die Menschen haben Angst davor, operiert werden zu müssen, denn sie haben nicht das nötige Geld, die Krankenhauskosten zu bezahlen …«

Auf diesen Brief hin regte ich eine Spendenaktion für Syrien an, die von der Fokolarbewegung Deutschlands mitgetragen wurde. Wie es später noch oft geschehen sollte, kam aus Syrien keine Antwort. Mir war, als hätte die Not den Menschen in Syrien die Stimme verschlagen, als trügen sie eine Lähmung in sich, die den nächsten Schritt zur Kontaktaufnahme und zum Danken verhinderte.

So fragte ich erneut nach und bat, auch der Spender wegen, um eine verbindliche Antwort auf die Frage, wie denn die Gelder verteilt würden. Die Antwort kam einige Tage später per Mail:

»In Syrien gibt es die beiden Fokolarezentren Aleppos, die sich seit Jahren um verschiedene Städte und Dörfer des Landes kümmern. Auf Grund der Verschlechterung der Lage in Aleppo seit dem 15.August 2013 wurde der weibliche Zweig der Fokolare vorübergehend nach Damaskus in ein kleines Haus im

Bezirk des griechisch-katholischen Patriarchates verlagert. Ein befreundeter Priester hatte diese Verlegung dorthin angeregt. Von dort aus können wir via Internet und Telefon mit allen Landesteilen in Verbindung treten und diese neue Wegstrecke mit der Gemeinschaft von Damaskus zusammen zurücklegen. Der männliche Zweig ist in Aleppo geblieben und koordiniert mit den Fokolarini verschiedene Aktivitäten. Trotz der schwierigen Lage stehen wir an der Seite derer, die leiden müssen.

Unsere Mitglieder von Homs, die ihre Häuser verloren haben, zogen in die benachbarten leichter erreichbaren und miteinander verbundenen Städte und haben spontan angefangen, zwölf aus Homs umgezogene Familien zu unterstützen, die unter sehr schwierigen Bedingungen leben und Hilfe brauchen. Mit weltweiter Unterstützung durch die Großgemeinde können wir ihnen die notwendigen Mittel zukommen lassen. Sie betreffen nicht nur die materielle Unterstützung, sondern beleben vor allem die von Liebe und Geschwisterlichkeit geprägten gegenseitigen Beziehungen, damit die Würde und der Privatbereich jeder Familie respektiert bleiben.

In Homs selbst helfen wir sieben Familien mit Nahrung und Bereitstellung von Wohnraum. In Kfarbo (Provinz Hama) unterstützen wir 23 Familien, damit sie ihre Heizungs- und Essenskosten decken können.

Mitglieder und Freunde des Oeuvre de Marie, die in Aleppo wohnen und dort die größte Gemeinschaft im Land darstellen, harren dort weiterhin aus und legen trotz allem ihr Zeugnis für den Glauben ab. Die Lebensbedingungen sind nicht einfach, weil es an Strom, Gas und Diesel fehlt. Ihr Preis ist exorbitant gestiegen, ebenso wie der Preis für die Grundnahrungsmittel. Einige haben sich auch in sozialen Netzwerken wie der Caritas organisiert.

Ein Ehepaar aus der Bewegung begleitet weiterhin nun schon seit 10 Jahren die Schule für Taubstumme in Aleppo (SIES).

40 Kinder, Christen und Muslime, haben dort Aufnahme gefunden, folgen dort dem staatlichen Lehrplan und lernen gleichzeitig einen geschwisterlichen Umgang miteinander. Die in Aleppo wohnenden Familien kümmern sich in einer kleinen Equipe um das Projekt, Patenschaften für die Kinder auch aus der Ferne zu übernehmen. So werden monatlich 45 Kinder, das heißt konkret 44 Familien – 25 in Aleppo, 9 in Homs, eine in Damaskus und 10 in Kfarbo – unterstützt. Sie suchen Spender, die die Lücke auf Grund des Ausfalls zahlreicher reicher Spender füllen. Deshalb haben sie Reinigungsmittel verkauft, die ihnen Geld einbrachten. Mit viel Begeisterung erweiterten sie den Familienkreis, der mit dem Projekt betraut worden war. Ihn wollen wir im Augenblick besonders unterstützen, indem wir Geldquellen suchen, um das Schicksal der Kinder, was ihre Erziehung und Ernährung angeht, zu erleichtern.

In Aleppo helfen wir konkret 66 Familien mit einem regelmäßigen Geldbetrag für den Kauf von Öl für ihre Heizungen oder um das Schulgeld oder die kostspielige medizinische Betreuung für einige chronisch Kranke oder Nahrung und Kleidung zu finanzieren. Wir unterstützen finanziell auch die Schule für die Taubstummen (SIES), wie schon oben erwähnt, eine der seltenen, wenn nicht einzige Schule auf diesem Gebiet. Dabei profitieren wir von der Hilfe, die uns von Zeit zu Zeit über den Kontakt mit den Fokolarini auf der ganzen Welt für Syrien zuteil wird.

Auch in Damaskus unterstützen wir 26 Familien. 13 von ihnen mussten Daraya, Ma'aloula, Yabroud und Kara verlassen. Sie benötigen Lebensmittel und Mietzuschüsse für ihre Wohnungen, falls sich überhaupt welche finden lassen. Wir helfen weiterhin 10 Familien, die in den Libanon geflüchtet sind, indem wir für sie Wohnungen suchen oder um das Schulgeld zu bezahlen. Insgesamt helfen wir also 190 Familien mit mehr als 800 Personen, die über ganz Syrien verteilt sind. Wir müssen dabei aber

feststellen, dass dies nur ein Tropfen auf den heißen Stein ist in
Anbetracht der Not, die in diesem Volk herrscht.
Wir möchten gerne mit Hilfe unserer Freunde guten Willens auf
den ganzen Welt mehr tun.«

Mehr tun, wie und mit wem? Ich fühlte mich angesprochen. So
galt es auch für mich, einen direkten Ansprechpartner und Brü-
ckenbauer zu diesem Land zu finden.

Im Februar 2015 las ich dann in der österreichischen Vierteljahres-
schrift »Information Christlicher Orient« (ICO) die Überschrift:
»Licht und Wärme für die Al-Inaiet-Schule in Aleppo«. (3) Das an-
gefügte Bild zeigt einen selbst bewussten schon betagten Priester, Pater Georges Jamous, der seine Arme um einen Generator
legt. Er wurde für seine Schule – Père Georges ist Direktor der
oben genannten Mittelschule in Aleppo – von Spendern der Zeit-
schrift finanziert.

Im Artikel selbst klingt nur knapp die Not dieser Schule an:

»Zu viele Kinder können seit Jahren schon keinen Unterricht
mehr besuchen, weil die Schulgebäude zerstört sind, oder in den
Flüchtlingslagern keine Möglichkeit zum Schulbesuch mehr be-
steht. Vor allem die öffentliche Stromversorgung ist so gut wie
zusammengebrochen. Das heißt im Winter: dunkle und kalte
Klassenräume. Die Al-Inaiet Schule der griechisch-katholi-
schen Kirche von Aleppo liegt nicht im Frontgebiet zwischen
den staatlichen Truppen und den islamistischen Kämpfern. Das
Areal der Schule ist wie eine Oase, wo man sich sicher fühlen
kann. Gefährlich ist hingegen der Schulweg. Scharfschützen ma-
chen ganze Straßenzüge unpassierbar. Die Schüler und Schüle-
rinnen können bei Pfarrer Georges aufatmen.«

Der erwähnte Generator ist seit Dezember 2015 in Betrieb. Seitdem gibt es einen sehr lebendigen Briefwechsel zwischen der

Al-Inaiet Schule und mir, der auch das Interesse der Öffentlichkeit findet.

Im Januar 2017 entschied ich mich nach einer Einladung von Père Georges, nach Aleppo zu fahren. Brückenkopf für den Besuch war das Nachbarland Libanon, nachdem die Lufthansa die syrischen Flughäfen nicht mehr anfliegt.

Ein Tour d'horizon im Nachbarland Libanon
vor der Abreise nach Syrien

Vor meinem Fenster der ehemaligen Ecole-Technique-Saint-Joseph in Dahr-es-Sawan geht als rot- goldener Ball die Januarsonne auf. Die schneebedeckten Sanniner Berge mit ihren über zwei Tausend Meter hohen Gipfeln erwachen und beginnen über Beirut und Jounieh in glänzendem Weiß bis ins syrische Grenzgebirge hin aufzuleuchten. Sie erinnern in jedem Augenblick daran, wem der Libanon, der einst zum großsyrischen Reich gehörte, seinen Namen verdankt: Der Farbe Weiß, weiß wie die Milch, weiß wie der Schnee, hell wie das Licht. »Schwindet denn der Schnee des Libanon von den hochragenden Felsgipfeln weg?« (Jer 18,14), fragt der Prophet Jeremia das gottvergessene Volk Israel, um auszudrücken, dass der Schnee des Libanon verlässlich bleibt, Israel aber seinen Herrn vergisst.

Folgt man dem Lauf der Sonne weiter, so berührt sie nach Süden weiterziehend zwischen den Libanonbergen und dem Antilibanon die fruchtbare Bekaaebene, die nicht nur Durchzugsgebiet für viele Eroberungsheere tiefer in den Orient hinein war, sondern ein Lebensraum, in dem die Götter in prächtigen Tempeln und Bauten friedlich mit den Menschen zusammenwohnten. Zuoberst eine Trinität: der Göttervater Jupiter mit Artemis und Bacchus. Heute sind es Flüchtlingslager für hauptsächlich syrische Flüchtlinge, die sich an das Diesseits der Grenze zu Syrien klammern als sei sie ein Halteseil für den tragischen Akt des Überlebens. Wie lange noch? Gelassen schaut mit seinen 3080 m der immer schneebedeckte Qorner-es- Saouda diesem ständig wechselnden geschichtlichen Treiben in der Ebene zu und spendet seine geschmolzenen Wasser allen Einwohnern ohne Ausnahme. Er blickt in den Libanon wie auch nach Syrien, das sich südlich hinter dem Antilibanon verbirgt.

Zum Süden hin folgen dann die heißen Zonen des Landes. Politisch und religiös heizen sie zeitweise das Feuer für heftige Krisenzeiten im Libanon an. An der israelischen Grenze und im schiitischen Hisbollahgebiet gelegen, erschüttern die hier getroffenen Entscheidungen das ganze Land bis in den hohen eher christlich geprägten Norden hinein.

Aber es gibt auch die andere weithin sichtbare Seite: Als wahre Schmuckstücke der Architektur mit ihren Kuppeln, Zwiebeltürmen und Spitzbogenfenstern erheben sich dort als Fingerzeig für den verheißenen Frieden die Klöster, Gebetsräume und Moscheen über Stadt und Land um Deir El Qamar, Tyrus und Sidon.

Zum Sonnenuntergang verweilt die Sonne dann von meinem Fenster aus gesehen über dem Schmelztiegel aller sechs Provinzen des Landes mit der Hauptstadt Beirut. Aus knapp tausend Metern Höhe ähnelt sie einer Halbinsel am Mittelmeer, die ständig Schiffe anfahren oder einer Oase, aus der die Wohn -und Bürotürme durch ein graubraunes Band von Staub und Abgasen wie Masten zum Himmel empor wachsen. Türme des Geistes? Gewiss auch, bedenkt man den Fleiß und die gestalterische Intelligenz, für die das Land berühmt ist. Türme von Babel? Materialismus, Virtualität und Gottvergessenheit sind Gefahren, die vom Abendland herüberschwappen können, wohl auch. Nach Norden hin endet die Stadt im Hafengebiet mit seinen wie die Zangen eines Krebses ausgreifenden Molen.

Welche Kräfte birgt dieses Schiff, das am Ozean vertäut ist?

Wohin treibt es, wenn die Segel gespannt werden? Nach Europa – die Antwort! Wenige Stunden Fluges zwischen Frankfurt, Paris, Rom und Beirut genügen, um europäischen Geist zu importieren und eigene Geistigkeit zu exportieren, wie es Zeus vor aller Zeit tat, als er die schöne Europa von der libanesischen Küste aus auf seinen Stierrücken lud, um mit ihr das Meer bis Kreta zu durchpflügen. Die Phönizier taten es ihm nach und übertrafen ihn sogar in der Kunst, die Küsten des Mittelmeeres mit vielen Orten zu besiedeln.

An meinem Fenster stehend kamen mir diese Gedanken über Beirut:

Blick hinunter auf Beirut am frühen Morgen

Beirut
du heitere
du noch verschleierte
zart rosenfarbige
von Schiffen berührte
vom Okeanos umspülte
vom göttlichen Stier entführte
du Liebende
vergessliche
nach dem Recht forschende
du vergewaltigte
bedrohte
von Frömmigkeit vibrierende
du musikalische
das Alphabet in seine Form gießende
als Astarte
Aphrodite

19

Venus
Maria
immer neu gebärende Frau
die ihr Glückshorn
den Segen
ausgießt am Morgen
ihr Füllhorn des Lichtes am Mittag
ihr Perlen gesticktes Nachtgewand
anzieht
für den Abend
die Nacht und den Morgen

Fast auf gleicher geographischer Breite wie Beirut liegt in östlicher Richtung zwei Autostunden entfernt die Hauptstadt Syriens, Damaskus. Inzwischen ist die Autobahn zwischen den beiden Städten wieder so frei, dass sich ein reger Autoverkehr hin und her bewegt.

Folgt man jetzt nach Norden hin dem tosenden Band der Autobahn, in deren Reichweite etwas versteckt das unterirdische phantasiereiche Universum der Tropfsteinhöhle von Jeita liegt, kommt dem Besucher zur Rechten das hoch aufragende Jounieh entgegen. Sein mit einer weißen Madonna gekrönter »Roc« und die als stolzes phönizisches Schiff errichtete Basilika »Unsere Liebe Frau des Libanon« erheben sich im Kontext vieler in Stein gegossener Glaubenszeugnisse über Harissa über den für Christen heiligen Hügel um Jounieh. Weiter dem Meer entlang gelangt man nach Byblos-Jbeil, zur »Stadt des Alphabetes«, vielleicht die geistige Seele des Landes in der Antike, sein Herz, das hier ununterbrochen seit vorzeitlicher Vergangenheit für Götter und Menschen schlägt.

Etwa ein Dutzend Kilometer nördlich liegt El Batroun, eine der ältesten phönizischen Städte mit Spuren kulturellen Schaffens aus der phönizischen, ägyptischen, persischen und römischen Zeit.

Für die beginnende Neuzeit aber ist es, etwas weiter im Osten gelegen, das Qadishatal auf fast gleicher geographischen Breite wie El Batroun, das dank des munteren Qadishabaches, tief in die Libanonberge eingesenkt als Weltkulturerbe und spirituelle Landschaft die Menschen anzieht. Die Quelle der Qadisha entspringt dort, wo auch der immergrüne Zedernwald von El Ars wurzelt. In den Hunderten von Einsiedlerhöhlen des »Heiligen Tals« mit seinen vier Klöstern atmet noch immer der Ursprungsgeist des Landes, der ein Geist des Gebetes, der gewählten Armut und der Treue zum Glauben ist. Weihrauch der Hingabe und des Gebetes steigt aus dem Qadishatal bis heute empor, Zeichen der Hingabe an Gott, wie sie der bescheidene Mönch Charbel Makhlouf bewiesen hat oder Hingabe an die weise Lebensführung, die aus jeder Zeile des«Propheten« von Khalil Gibran spricht. Beide sind Ziehkinder des Qadishatals.

Vom Meer geführt, gelangt der Besucher schließlich nach Tripoli, dieser rätselhaften zweitgrößten Stadt des Landes, die sich als Schmelztiegel für Reich und Arm, für islamische und christliche Religion, für Sesshafte und Flüchtlinge offenbart.

Unter den 40 Monumenten, seinen Suqs und Khans ist es wohl diese unter den Omayaden und Fatimiden ausgebaute Hafenstadt mit ihrer Kreuzfahrerfestung Saint-Gilles, die zum Nachdenken über die Sinnlosigkeit von Kriegen zwischen den einzelnen Religionen anregt. Was haben diese gewaltsamen Eroberungszüge dem Libanon und Syrien letztlich gebracht? Mehr Freiheit, mehr Verstehen, mehr Menschenwürde?

Jetzt im Norden angekommen geht der Blick nach Osten in Richtung Kobayat, eine weitläufige Stadt inmitten einer sanften Seelenlandschaft, die vom Norden her ihren Friedensmantel über das allzu oft verletzte und blutende Land bis ins nahe gelegene Syrien ausbreiten möchte. Von der Sankt Georgeskirche aus fällt der Blick auf eine gerade, wie mit dem Lineal gezogene schwarz figurierte Linie, die die Landschaft zerschneidet – die Grenze nach Syrien, das ich am nächsten Tag besuchen wollte.

Inmitten dieses Tour d'horizon im Sonnenlauf vom Fenster in Dahr-es-Sawan aus gesehen leben Menschen –»Laboranten«, lässt man eine der viele Beinamen, mit denen man den Libanon versehen hat, auf sich einwirken. Der Libanon betrachtet sich als»Laboratorium«, als alchimistische Küche – aber wofür? Um die Antwort vorwegzunehmen – für die Schöpfung, für das Er-dulden können, für die Liebe. Das Bild des Laboratoriums fin-det sich in der ergreifenden Monographie von Père Pierre-Marie Soubeyrand über die tragischen und auch wundersamen Ereig-nisse im Syrienkrieg. Er schreibt:»Um die Welt schön und gut zu erschaffen, hat Gott den Libanon zu seinem Laboratorium auserwählt – mit seinen tiefen Tälern, zwischen denen kristall-klares Wasser mitten unter den Felsen empor springt, um sich schließlich in Pappelwäldern zu verlieren.«

Laboratorium der Schöpfung wegen seiner bezaubernden Schönheit und Vielfalt, aber auch Laboratorium des Leids mit Kriegen, Raubzügen, Feindschaften …»seit unserer Staatsgrün-dung im Jahre 1943« könnten die einen sagen.»Nein, seit Ramses II. Schaut nur weiter, viel weiter zurück ins Nahr-el-Kalb, wo sich ein Monument der Eroberung des Landes an das andere reiht«, ru-fen die anderen.»Jeder weiß, dass noch heute die Libanesen er-mordet in ihren Häusern sterben, andere fliehen in ihre Kirchen«, schreibt Soubeyrand angesichts der Gräuel des Syrienkrieges von 1975 bis 1990. Der Libanon folgt dem Weg des »geopferten Lam-mes« aller Zeiten, das die Antoniusschwester Sr. Clémence Helou (4) als Symbolbild für den Libanon evoziert.»Zwischen Schwert und Kreuz« sieht sie dieses Land,»zwischen negativer und posi-tiver Gewalt«, die in diesem Land wie in der Apokalypse des Johannes so dramatisch beschrieben miteinander ringen.

Doch wie die jahrhundertealten Zedern von El Ars oder Tannourine, die in einem bedächtigen Wachstum Himmel und Erde zugleich entgegen streben, breiten sich auch der Friede und die Liebe über das Land aus, die in den Gebeten aus Kirchen, Klöstern, Eremitagen und Moscheen, aus Schulen, Universitäten und Krankenhäusern die Herzen der frommen Libanesen bewegt. Diese Hochzeit von Himmel und Erde besingt das alttestamentliche Hohelied in ergreifenden Bildern, um in gleich mehreren Versen den Libanon zu erwähnen; »Komme, o Braut vom Libanon. Komme vom Libanon, komme her! … Der Duft deiner Kleider gleicht dem Dufte des Libanon … Der Gartenquell ist ein Born lebendigen Wassers, das herabfließt vom Libanon.« (Hld 4, 8, 11b, 15) Wie tief reicht dieser Blick des salomonischen Sängers, wenn er in die Seele des Landes schaut und erkennt, dass in der Tiefenschicht nur die Treue zu Gott dieses Land einen und Frieden mit seinen Nachbarn Israel und Syrien ermöglichen kann.

Dies also könnte eine der Botschaften – »le message« – des Libanon sein: Treue zu den spirituellen Wurzeln und Bild des geopferten Lammes.

Syrien selbst mit Zeugnissen tiefer Frömmigkeit, die in Jahrtausende der Menschheitsgeschichte zurückreichen und seine 2016 geschätzten 400 000 Todesopfer sollte dem Libanon darin nicht nachstehen.

Aufbruch am Morgen

Wer aufbricht, in dessen Inneren ist selbst etwas aufgebrochen, dessen Tragweite er noch gar nicht kennt. War es die zum Himmel schreiende Not der Menschen in Syrien, der Christen wie der Muslime, das Mitleiden vor allem mit den unschuldigen Kindern, das endlose Band von Flüchtlingen, die entsetzliche Bilderflut von Grausamkeiten, die durch die Medien über Europa herein brach, das Nichtverstehen können, dass sich zivilisierte Menschen dem hohen Gut des Friedens verweigern, der Wunsch, gerade die Christen mögen aus ihrem Land nicht fliehen, sondern dort in ihrem Land bleiben, das sie seit den Ursprüngen des Christentums besiedeln, kultivieren und westlichem Denken öffnen und eine andere Sicht der Wirklichkeit, vielleicht sogar eine ursprünglichere Sicht der Dinge offenbaren, die in der Seele der Bewohner der Levante verwurzelt ist.

Bei einem früheren Besuch versuchte ich, mich in die Gastfreundschaft der Libanesen hineinzuversetzen und schrieb fragend:

Von den Libanesen

Wo nur entspringt
die Quelle der Gastfreundschaft
im Herzen der Libanesen

sie spricht von Liebe und Demut
von Sanftmut und Güte

der Tisch ihres Herzens ist reichlich gedeckt
mit Früchten Sonnen gereifter Erde
über dem sich der Glaube wölbt
als sei er ein Regenbogen
schillernd in allen Farben und Tönen

ich darf darunter wohnen
als Relikt des Abendlandes
das nichts als staunen kann
über das Selbstverständliche
ihrer Kraft zur Liebe

Oder die Erfahrung der Zeit im Orient – sie ist eine ganz andere als die im Westen erjagte digitale Zeit:

Inch Allah

Sagt der Orientale
»morgen!«

dann heißt das nicht unbedingt
nach zwölf oder vierundzwanzig Stunden
dann kann das heißen:
in den nächsten Tagen
Inch Allah

sagt er: In einer Stunde kommt Ihr Taxi

dann kann das heißen:
möglicherweise kommt es in dreieinhalb Stunden
oder später
Inch Allah

sagt er:
Ich rufe Sie an

dann kann das heißen:
Ich rufe Sie nicht an
Inch Allah

sagt er:
Heute Abend bringe ich Ihnen das Versprochene:
dann kann das gar nichts heißen
Inch Allah

sagt er also: Inch Allah:
dann sei wachsam!

Denn das heißt:
Allah wird es schon richten.
Wie können Sie es wagen,
Gott auf die Füße zu treten!

Berührt von der Not, von der jahrtausende alten Kultur und vom Hauch des Exotismus, war für mich jeder Besuch in der Levante ein neues Aufbrechen in eine faszinierend neue fremde Welt.

In diesem Sinn schrieb ich vor einem meiner Besuche im Libanon:

Brich auf

rief es in mir
geh wieder in dieses Land der Krise
gegen alle Widerstände brich auf
teile deinen Glauben mit diesen Menschen
lies dich in die Sehnsüchte der Menschen hinein
in ihre Kultur bildende Kraft
versuche den Terror jenseits der Berge zu verstehen
sprich ihre Gebete nach
atme den Duft ihres Weihrauchs tief in dich ein
liebe das vertraute Licht
das in den Herzen der Menschen aufscheint
lass dich aufbrechen
und freue dich am Glanz
den die Natur und Gott uns hier schenken

So brach ich also an einem Januarmorgen 2017 vom Libanon aus nach Syrien auf. Vorausgegangen war die Einladung von Père Georges: »Kommen Sie! Hier ist es wieder ruhig! Wir erwarten Sie! Alles ist vorbereitet.«

In der Tat: Alles war vorbereitet. Ein Taxi brachte mich am Abend von Dahr-es-Sawan nach Jounieh, wo in einem mehrstöckigen möblierten Luxusappartement mehrere syrische Familien wohnen. Von ihrem Balkon aus schimmerte mir das Mittelmeer entgegen. Auch hier umfing mich wieder die vertraute orientalische Gastfreundschaft – mit türkischem Kaffee, syrischem Gebäck, süßem Naschzeug und vielen intensiven Gesprächen, die sehr rasch das Wesentliche umkreisen.

Vor allem waren es die Erinnerungen an ihre Heimat Syrien, die den Raum mit einer solchen Nähe, Dichte und Spannung erfüllten, so dass ich von einer inneren Unruhe erfasst wurde, die ich aus eigenen tragischen Verwicklungen kannte. Mir war, als lebte zwischen den Wänden dieses komfortablen Salons, in dem inzwischen ein Dutzend Menschen versammelt war, das Gespenst von schmerzhaften Erinnerungen weiter – trotz allem zeitweiligen äußeren Schein heiterer Gelassenheit. Während von dem überdimensionalen Bildschirm an der Wand Bilder aus Syrien in den großräumigen Salon fielen, hörte ich bald aus der einen, dann wieder aus der anderen Ecke des Raumes von zerstörten Häusern und Villen, Fabriken und Existenzen. Von den vier Kindern zwischen Grundschule und Abitur vernahm ich das je eigene Echo ihrer syrischen Traumata. In ihren wenigen Lebensjahren waren sie bereits Augenzeugen von Tod, Zerstörung und Flucht. Ich glaubte im momentanen Zittern ihrer Stimme noch den Aufschlag von Bomben und Granaten zu vernehmen. Die beim stockenden Erzählen weit geöffneten dunklen Augen der jüngsten Tochter haben sich in mich tief eingegraben.

Eine mögliche Rückkehr nach Aleppo wiesen alle von sich – zu zerstört ihre Häuser, zu konfliktreich das Leben mit der Nachbarschaft, die sich bald nach der Flucht der Familie in den Libanon über die Besitztümer her machten und ausplünderten. Zu unsicher war noch die politische Lage.

Die Flucht verstehen

Ein Brief des Paters im Frühling 2016 zeugt vom Erschrecken und von der täglichen Angst dieser geflüchteten Menschen:

Aleppo, am 23.3.2016

In Ihrer letzten Mail stellen Sie mir konkrete Fragen zu aktuellen Situation im Land. Danke dafür, dass Sie solche Fragen stellen. Wir hoffen, dass unsere Mitmenschen im Westen sich aufrichtig solche Fragen stellen, die dazu beitragen, aus der Hölle, in der wir leben, herauszukommen.
Gestern, d.h. vor fünf Jahren, vor dem Krieg also, lebten wir fast wie im Paradies, trotz der Defizite und der Fehler, die das Regime machte – aber welches Land macht keine Fehler?
Gestern, d.h. vor fünf Jahren, erlebte wir eine Renaissance in verschiedenster Hinsicht: Kultur, Politik, Sicherheit, Wirtschaft, Industrie, Verständigung unter den einzelnen Religionen und Konfessionen, Gleichheit – fast – Arbeit, Disziplin, Sitten und Gebräuche, persönliche Freiheit. Gewiss gab es hier auch Defizite, aber wir lebten im Wohlstand und in Freude.
Und dann kam dieser Krieg, der alles blockierte. Er kam von Außen, von Söldnern, Arabern usw., von Leuten also, die Despoten und Tyrannen gewohnt waren, die alles beherrschen und uns Demokratie beibringen wollen. Menschen, die gestern noch Freunde waren, sind plötzlich erbitterte Feinde geworden.

Seit fünf Jahren zerstören sie unaufhörlich Gebäude, unsere Kultur, die Zivilisation, Menschen, das bestehende friedliche Einvernehmen, Fabriken. Sie stehlen, vergewaltigen, hassen, enthaupten, verfolgen, inszenieren die Auswanderung in den Westen, um den Orient von seinen Reichtümern und seinen Christen leer zu fegen. ---. Wir waren einmal 12 Prozent - und jetzt? Der Dollar steigt ständig, Tag für Tag. Das bedeutet Ruin, Niederlage.

Indes beobachten wir jetzt glücklicherweise auch, dass sich die Verhältnisse verbessern; nach vier Monaten haben wir wieder Strom. Vorher mussten wir im Finstern wohnen. Der Handel beginnt wieder … aber es gibt viele Arme. Wir mussten Trinkwasser kaufen, aus Kanistern herbeischleppen, um waschen und putzen zu können. Man konnte Kinder sehen, die Wasser tragen, alte Menschen, die gebeugt Wasser herbei trugen – bis in die dritte oder fünfte Etage. Es war hart und mühselig. 25 Tage lang hatten wir überhaupt kein Wasser aus dem Wasserhahn, und meine 673 Schulkinder wollten doch trinken, auf Toilette gehen. Danach kam etwas Wasser, Geschäfte, politisches Handeln.

Um von der Teuerung im Land zu reden … Sprechen wir nicht von Fleisch! Es gab Menschen unter uns, die zwei Jahre lang kein Fleisch sahen, Babymilch fehlte oft, zudem Windeln für Babys und alte Menschen, Medikamente, Gemüse, Öl usw. Jetzt sind die Löhne etwas gestiegen. Sie haben aber mit den Lebenshaltungskosten nicht Schritt gehalten. Tausende sind ohne Arbeit. Über all das könnten wir zu Recht klagen.

Glücklicherweise gibt es Organisationen, die uns zu Hilfe kommen, örtliche und ausländische. So können wir überleben und unsere Landleute zurückhalten, damit sie nicht auswandern. Denn die Versuchung ist groß vor allem unter denen, die Geld haben.

Was die Kirche angeht, so tun wir alles, um mit unserem Volk zu sein: Unterricht, Verteilung von Lebensmitteln, Kleidern,

Wasser, Geld für Strom, Medikamente. Uns unterstützen die Caritas, SOS Kinderdörfer, ICO, das Rote Kreuz, Wohltätigkeitsvereine im Land selbst, obwohl die Reichen im Land fast alle ausgewandert sind, unsere Freunde in Europa wie Sie oder auch anderswo.

Die Lage bessert sich glücklicherweise, aber wir sind noch weit davon entfernt, den Zustand vor dem Krieg wieder zu finden, wir hoffen darauf. Gott ist groß ... Gott ist Vorsehung ... Gott ist Liebe.

Ich bitte um Gottes willen darum: Ermutigen Sie nicht unsere Gläubigen und unser Volk, auszuwandern. Locken Sie diese nicht in ein illusorisches Paradies. Helfen Sie uns vielmehr zu bleiben, unser Land und Volk und unsere Zivilisation zu stützen, vor allem uns Christen, die immer Sauerteig im Land waren. Wir wollen bleiben und neu anfangen. Dies wird Ihnen selbst sehr viele Unannehmlichkeiten, Sorgen und Verluste ersparen ... für die Zukunft des Westens und Deutschlands. Denn mit dieser Masse an Auswanderern und Flüchtlingen beginnen Sie, allmählich die Risiken abzuschätzen, denen Sie entgegengehen ... Es waren ja schon Millionen!

Helfen Sie uns also, dass wir im Land bleiben. Das wäre besser für uns und für Sie!

Danke für Ihr Interesse an uns, für das Verstehen unserer Probleme, für all das, was Sie unserem Land zukommen lassen, für Ihre Gebete. Danke an alle Wohltäter, die Sie kennen. Gott segne Sie. Im Gebet verbunden. Pater Georges

Zwei Taxis im frühen Morgengrauen

Ich war Gefangener der dramatischen Erlebnisräume dieser aus Syrien geflohenen Familie und teilte von jetzt an ihr Schicksal.

Denn in der Runde gab es drei Personen, mit denen ich am frühen Morgen nach Aleppo fahren sollte und die mich begleiten würden: die Sekretärin der aleppinischen Schule und ihre Eltern. Sie waren nicht nur zum Verwandtenbesuch nach Jounieh gekommen. Ihre sich im Salon aufstapelnden Einkaufstaschen verrieten ihren Inhalt: Medikamente, Kleidungsstücke, Grundnahrungsmittel, Kosmetika, die in Syrien nur zu einem horrent höheren Preis zu erhalten waren.

Um 3.15 Uhr brachen wir von Jounieh auf. Es kamen zwei komfortable Taxis. In dem einen Taxi sollte die erwähnte syrische Familie aus Jounieh, die mich bis nach Aleppo begleiten wollte, Platz nehmen. In dem anderen, in dem ich den Vordersitz neben dem Chauffeur einnehmen sollte, erblickte ich im Halbdunkel eine Syrerin, die zur Hälfte des Jahres bei ihrer Tochter in London lebt, und einen syrischen Geschäftsmann.

Die Nachtfahrt hat vieles für sich: ein schnelleres Vorankommen auf der stark frequentierten libanesischen Nordautobahn, vor allem aber größere Sicherheit im Schutz der Nacht vor Überfällen und Kidnapping und für die Weiterfahrt dann an der syrischen Grenze entlang.

Durch die Autoscheiben blickte mich in großen Lettern westliches Werbegeflimmer mit seinen Konsumartikeln an und reizte meine Augen. Die Werbespots unterschieden sich in nichts von der aufreizenden Neonreklame einer Großstadt westlicher Prägung – bis auf die großformatigen Politikerportraits und die Werbeanzeigen für lang wallende weiße Brautkleider, hinter denen sich Hoffnung und orientalische Lebensfreude verbargen, wohl auch der tief verwurzelte Sinn der Orientalen für Familie und Sippe. Keine Andeutung von Wunden der Zerstörungen an Häusern, die der Libanon in seinen jüngsten Kämpfen mit Syrien und Israel oder innenpolitisch erfahren hatte!

Ganz anders der Tenor der Gedichte von Schülerinnen und Schülern libanesischer Colleges, die sie zu diesen Zeitpunkten

geschrieben hatten, und die ich in den Jahresberichten ihrer
Schule aufgefunden habe.
So die drei folgenden:

Unsere Augen sind wie die Linsen einer Kamera

In unserer unmenschlichen Welt im Verfall
sind wir oft Zeugen von Szenen,
in denen arme Menschen
misshandelt, geschlagen, gedemütigt werden
und Gewalt verschiedenster Art ausgesetzt sind.
Unsere Augen sind wie die Linsen einer Kamera,
sie nehmen Bilder auf, die sich vor uns abspielen
und sich immer wieder wiederholen.

Dann geben wir uns oft damit zufrieden,
die Not der Menschen still zu beklagen.
Ja, man hindert uns daran, davon zu sprechen.
Man bedroht uns sogar.

Eine Form der Bedrohung –
man verschließt uns den Mund,
deckt nicht auf, was wir gesehen haben.

Ungleichheit herrscht in dieser grausamen
und ungerechten Welt!
Kämpfen wir also für die Menschenrechte
in einer besseren Welt!

oder ein anderes, noch kritischeres Gedicht der Anklage:

Politiker des Libanon

Ihr alle müsst Eure Schuld bekennen.
Ihr seid alle Diebe
und ausgezeichnete Lügner.
Wir fordern Freiheit
und wir wollen stolz sein dürfen.
Wir fordern die Wahrheit,
um Einheit zu erfahren.
Bürger des Libanon!
Schaut Euch Eure Stadt an.
Es ist Zeit,
dass wir uns erheben.

In der Hilflosigkeit der Libanesen gab es für die eine oder andere
Person auch den Schutzraum des Gebetes:

Sterne mitten in der Nacht entzünden

Damit die Welt schöner werde, Herr,
möchte ich Sterne mitten in der Nacht entzünden.
Einen Stern für den Blick in die Herzen der Menschen,
auf die niemand achtet.
Einen Stern für das Hören auf die,
für die sich niemand Zeit nimmt.

Einen Stern des Wortes, mit dem ich ermutigen,
danken und zärtlich sein kann.

Einen Stern des Dienens und des Teilens mit Händen,
die sich entgegenstrecken, Hände, die teilen und verbinden.
Einen Stern des Duftes, das Leben tief einzuatmen,

es zu bewundern und die Wunder wahrzunehmen,
die uns umgeben.

Ich möchte, Herr,
nur einige kleine Sterne zum Leuchten bringen,
um die Welt zu Dir hinzuführen.

Indessen leuchteten uns die künstlichen Sterne der Neonlichter ins Taxi hinein und blendeten unsere Augen. Vor allem auf der Höhe von Autobahnausfahrten in Städte und Ortschaften bremsten Checkpoints die rasche Fahrt der beiden Chauffeure. Nervenaufreibende Bodenschwellen, »Schikanen«, kündigten sie an. Ihnen folgten die mit Beton gefüllten künstlichen Wächter: rot-weiß bemalte Ölfässer, an die so manches Auto angestoßen war. Sie verengten die Weiterfahrt durch schmale Sicherheitsschleusen, die von bewaffneten Wachsoldaten, Militärautos, Panzern, Nagelbrettern flankiert waren. Die ganze Bandbreite militärischer Abwehr öffnete sich vor unseren Augen.
Ich empfand Mitleid mit den Soldaten, die hier in der Kälte, umnebelt von Abgasen und Autolärm, Tag und Nacht wach ihren Dienst tun. Nur Abstoßendes haben solche Schleusen an sich, so dass sich die folgenden Zeilen aus dem Jahresbericht einer Schule nur allzu gut verstehen:

Wegziehen

Wenn ich Flügel hätte,
würde ich zum Himmel fliegen,
wegziehen wie die Schwalben,
diese grausame Erde verlassen,
ein schöneres Land mir suchen.

Küstenstraße am Morgen

Keiner der Mitfahrer schlief auf dieser Fahrt. Stumm nahmen wir Insassen die Checkpoints als rohe Mahnmale kriegerischer Bedrohung des Landes hin, wie im Übrigen die gesamte libanesische Bevölkerung. In ihnen konzentrieren sich Angst, Misstrauen, Unsicherheit, Trotz, aber auch Mut gegenüber militärisch überlegenen potentiellen Feinden. Zum ersten Mal nahm ich so das kalte Gesicht des Krieges wahr – hier auf dieser Strecke in Richtung Syrien, die noch vor wenigen Jahren Schauplatz von Kriegen und Zerstörungen war und vielen Menschen das Leben gekostet hat.

Als die Osmanen das Land besetzt hielten, war es der libanesische Schriftsteller Abdallah Ghanem, der den Lehrer Ma'ruf zum Sprachrohr für die Grausamkeit und Perversion der Menschlichkeit im Krieg und in den Kriegsführenden machte:

»Der Krieg ist eine natürliche Laune des Seins. Wer nicht gegen den anderen kämpft, kämpft zumindest mit sich selbst. Allerdings bedeutet er ein Gemetzel des Überlegenen am Unterlegenen. Was aber den Überlegenen betrifft, so tanzt er vor Freude in dem Blut, das er ungestraft vergossen hat: Für ihn zählt nicht die Mutter in seiner Sippe, die ihr Kind verloren hat, nicht die

Frau, die Witwe geworden ist, nicht das Kind, das in die Skla-
verei verschleppt wurde. Der Sieg tilgt seiner Ansicht nach al-
les. Der Unterlegene jedoch hat an seinem Leid zu beißen und
darauf zu warten, dass er wieder zu Kräften kommt. So ist der
Lauf des Lebens, und vergeblich bemühen sich die Friedensstifter,
seine Bahn zu finden.« (5)

Unser Weg durch das frühe Morgengrauen führte jetzt über Byblos/Jbail, mit seinen Aufsehen erregenden Ausgrabungsstätten vom Neolithikum bis in die Zeit der Kreuzfahrer, über das von Stränden gesäumte phönizische Batroun an der mamelukischen Burg Mseilha vorbei.

Der Taxichauffeur verlangsamte hier seine Fahrt und deutete auf diese imposante Burg, von der der französische Dichter Flaubert treffend schrieb: »Sie steht auf einem isolierten Felsen, der so wirkt, als sei er wie ein vorgeschobener Block eigens dafür hierher gestellt worden.« (6) In der Ferne tauchte dann die imposante Zementfabrik von Chekka auf, die ihre grauen Staubspuren nicht nur bis weit ins Land hinein auf die Häuser und Dächer, sondern auch in die Lungen verteilte.

Nach etwa 80 km hinter Jounieh erreichten wir schließlich die zweitgrößte Stadt des Libanon, Tripoli. Ihre strategische Lage südlich der syrischen Grenze macht diese Stadt zu einem kulturellen, kommerziellen und strategischen Mittelpunkt im Norden des Libanon. Die noch gut erhaltene Kreuzfahrerfestung Saint-Gilles dominiert die Suqs und Khans, Bäder, Medresen und Moscheen, die alte Hafenanlage, eine Nekropole aus hellenistischer Zeit.

Tripoli zu durchqueren ist ein Abenteuer, nicht nur wegen der Enge der Straßen, vor allem wegen der sich regelmäßig verteilenden Schlaglöcher. Sie erinnerten mich an eine amüsante Geschichte, die man sich im Libanon erzählt:

»Ein Libanese fuhr in ein großes Schlagloch. Wütend lief er zur zuständigen Behörde: Warum stand da kein Warnschild?« Der Beamte entgegnete:»Mein Herr, sechs Wochen lang hatten wir ein Schild aufgestellt, doch niemand ist in das Loch gefahren. Sollten wir das Schild ewig stehen lassen?«

Es war noch immer dunkel, als wir durch die ungepflegten, von Müllkippen, Halden, Lagern und Flüchtlingszelten gesäumten Straßen der nördlichen Vorstadt fuhren. Plastiktüten flogen wie wild gewordene Vögel im Wind und verfingen sich in den über die Straßen gespannten Stromleitungen. An ihnen hing noch der Weihnachtsschmuck – ein leuchtender Stern umfangen von einem Halbmond.

Dann wurde es ganz ruhig, fast totenstill. Wir näherten uns der libanesisch-syrischen Grenze. Rechts ein offenes Feuer und dahinter ein breites Nagelbrett. Militärkontrolle! Ein Soldat, unrasiert und verwildert in seinem Aussehen, den Strickschal um den Mund gebunden, aus dem Speichel triefte, verlangte unsere Ausweise. Dann die obligatorische Kofferraumkontrolle mit dem üblichen Procedere, dem wir noch häufig begegnen sollten. Wir konnten weiterfahren.

Uns zur Seite wehten libanesische Flaggen.

Im Jahresbericht einer Schule hatte ich folgende erfundene Geschichte einer Dreizehnjährigen zur Entstehung dieser Flagge gelesen. Sie hatte mich zutiefst berührt. Sie schrieb:

Geschichte unserer Nationalflagge

»Eine Fahne fragte sich in ihrer Traurigkeit, zu welchem Land sie denn gehöre. Sie war weiß, aber verschmutzt. Während eines Gewitters blies der Wind so heftig, dass sich die Fahne von der Stange löste und ins Gebirge flog.

Dort schneite es. Die Fahne schlief ein. Als sie wieder erwachte, *war sie nicht mehr schmutzig, vielmehr weiß wie der Schnee, der sie umgab.*

Der Wind blies erneut und trug sie dieses Mal in den Zedernwald. Sie schlief unter einem Baum ein. Als sie aufwachte, hatte sich ihr das Bild einer Zeder aufgeprägt.

Der Wind blies von neuem, und die Flagge fiel zu Füßen eines Soldaten nieder, der durch feindliche Gewehrkugeln verletzt worden war. Sein Blut zeichnete sich in die Flagge ein.

Als der Wind sie erfasste, rief sie aus: »Ich habe jetzt verstanden, wer ich bin.

Ich bin die Flagge des Libanon: Mein Weiß ist die Farbe des Schnees von den Bergen. Meine Zeder ist der stolzeste Baum, und mein Rot ist das Blut, das die Märtyrer vergossen haben, als sie ihr Land verteidigten.«

Die libanesischen Fahnen, die hier an der Grenze wehten, wussten, zu welchem Land sie gehörten. Sie kannten das Weiß des Winters, der diesen Grenzort mit bitterer Spätjanuarkälte gefangen hält, die Zedern, die als Lebensbaum den unbändigen Willen dieses Volkes bekundet, frei zu sein und das Rot des Blutes, das hier schon geflossen ist. Im Hintergrund dieses Szenario, das Mittelmeer, dessen Wogen aggressiv an diesem Morgen an das Ufer peitschten.

Der Taxichauffeur erledigte für uns drei die nötigen Grenzformalitäten, so dass wir nicht aussteigen mussten.

Gedanken an der libanesisch-syrischen Grenze

Die Grenze – ein Nicht-Ort, Menschsein in die Leere gestellt,
ein Nichts als Übergang,
ein Dazwischen,

zwischen verfeindeten Völkern, zwischen Frieden und Krieg,
zwischen Hoffnung, Enge und Angst.
Kalt und grau dieser Morgen, vom nervösen Meer
  aufgepeitscht,
Kontrollen, Schwellen, Schleusen, fremde Gesichter,
  verschlossen,
fremde Sprache, fremde Kleidung, Maschinengewehre,
heimlich zugeschobenes Geld, Wind der nicht bewegt,
stockende Sprache

hinübergehen, weiter gehen – ein Glaubensakt!

was verbindet
ist die Straße, das Meer, die Küste,
der Wille,
das menschliche Gesicht zum Gegenüber zu machen:

Du, ich trage Dich in mir – Du, ich sehe Dich als Menschen in
  mir,
es gibt ein Wir seit Anbeginn,
ein größeres DU um uns, über uns, in uns –
vertraust Du darauf?

Ich verliere meine Angst und fahre mit dem Taxi einige hundert Meter weiter zur syrischen Grenzkontrolle, vor der sich mir die Frage stellte: Wie mögen die Libanesen die Blindheit für ein friedliches Zusammenleben zwischen beiden Nationen erfahren haben?

Dazu zwei Schülertexte aus Kriegstagen:

Die Menschheit ist blind geworden

»Man nennt mich einen Terroristen,
sogar einen Antisemiten,
weil ich mein Haus verteidigt habe,
meine Heimat, meine Nation.

Die Menschheit ist blind geworden –
Was soll man davon halten,
wenn Kinder wie Märtyrer sterben, unverstanden,
wenn ich dem greisen Mann begegne,
dessen Vergangenheit umgebracht wurde,
dessen Schmerz jegliche Sehnsucht erstickte.

Der Duft der Orangen und des Mangobaumes
muss den Panzerwägen und Panzern weichen.
Das einstige Kulturland
ist unser nächster Friedhof geworden.

Das Volk wird sich nicht beugen,
wird sein Land bis zum Letzten verteidigen,
wird seine Ehre bis zum Tod schützen
und seine Identität bewahren.

Ich liebe euch, ihr Berge des Libanon,
ihr endlosen Wüsten, dich, vergoldetes Land!
Mit meinem Blut und mit meiner Würde
werde ich dich befreien.«

(Schüler, 15 Jahre)

Nein sagen

»Nein sagen zur Gewalt, heißt –Nein sagen zum Krieg
– Ja sagen zum Frieden
– Liebe verbreiten
– Hass abbauen
– Ja zur Liebe sagen
– Nein zu diesen Konflikten
– Ja zur Brüderlichkeit
– Nein zu jeglicher Aggression«

(Schülerin, 14 Jahre)

Für Stunden im Niemandsland

Gegen 5.30 Uhr war es jetzt in Aarida, dem syrischen Grenzort am Meer, etwas heller geworden, aber der kaltnasse Nebel war geblieben und legte sich beim Aussteigen aus dem Taxi wie ein kaltes Leichentuch auf die Haut.

In hundert Metern Entfernung wogte das Meer, und die Bäume im zubetonierten Grenzareal griffen den unruhigen Wellenschlag auf. Vor der eigentlichen hell erleuchteten Grenzstation reihte sich in einer langen Schlange ein Lastwagen hinter den anderen. Wahrscheinlich schliefen die Fahrer noch, denn die Vorhänge vor den Windschutzscheiben waren zugezogen. Nachtfahrten gerade für Lastwägen sind wegen möglicher Überfälle und Plünderungen während der nächtlichen Fahrt durch Kriegsgebiet lebensgefährlich.

Unsere beiden Taxis hielten beide vor dem lang gezogenen Gebäude zur Visakontrolle. Die Chauffeure ließen sich unsere Reisepässe geben und gingen über ein Dutzend Stufen in das Gebäude hinein. Als sie zurückkamen, sah ich die Stirnfalten im Gesicht der Fahrer: »Sie können nicht weiter. Sie benötigen ein

Visum!« Tags zuvor hatte man mir noch gesagt: »Für die wenigen Tage, die Sie bleiben wollen, brauchen Sie kein Visum.« Ich hatte mich darauf verlassen; denn ich erinnerte mich an eine frühere Einladung in den Nordlibanon, wo ich bei Freunden auf Tuchfühlung zur syrischen Grenze wohnte, und ein visafreier Grenzübergang im nahen Grenzverkehr noch möglich war.

Es begann ein halbstündiges Hin und Her zwischen Taxichauffeuren und Grenzbeamten, wobei die Sekretärin der Al-Inaiet-Schule meine Absicht und die Seriosität meines Besuches, verbunden mit einem Telefonat mit dem Direktor der Schule, unterstrichen – vergeblich! »Sie müssen zurück nach Beirut zur syrischen Botschaft oder aber Sie bleiben hier. Um 8.30 Uhr wird der zuständige Offizier kommen, um eine Entscheidung über Ihr mögliches Weiterkommen zu treffen.«

Ich verabschiedete mich draußen von den Chauffeuren und meinen Mitfahrern, die mir inzwischen durch die Gespräche im Taxi vertrauter geworden waren. Ich tat dies mit einem schlechten Gewissen; denn ich hatte ihren Zeitplan völlig durcheinander gebracht. Ich winkte ihnen nach – und stand plötzlich alleine im Niemandsland.

Was tun? Ich war jetzt ganz auf mich gestellt. Mir blieb nur eines – warten! Mehr oder weniger sprachlos alleine warten. Denn ich spreche nur einig wenig arabisch, und die anwesenden Grenzbeamten sprachen weder Englisch noch Französisch.

Ich ging in das Innere des ungeheizten feuchten Raumes, in dem hinter Gittern drei unfreundlich dreinblickende Grenzbeamte saßen. Man bot mir zum Sitzen einen Stuhl aus Eisen an. Es war der einzige, der im Raum stand. Der Stuhl war so kalt wie der Raum. Mein Blick ging zur Decke, wo ich aus Langeweile 32 Portraits des Präsidenten Assad und 38 syrische Flaggen aus Papier zählte. Dabei habe ich gelernt, den Namen Assad auf Arabisch zu schreiben. Zum Zeitvertreib ging ich mit einer Landkarte auf einen der Grenzbeamten zu und fragte ihn, wo ich mich denn im

Augenblick konkret aufhalte. Er deutete mit dem Finger nicht auf den Grenzort Aarida am Meer, sondern auf einen ganz anderen Grenzort weiter im Osten, der auf der Karte mit dem Verkehrszeichen »Einfahrt verboten« gekennzeichnet war. So wusste ich schon mal Bescheid, dass von hier aus kein Fortkommen war und nahm mir dennoch weiterhin vor, nach Aleppo zu fahren. Eine kafkaeske Situation. Wie hatte ich noch bei Kafka in seiner Novelle »Vor dem Gesetz« (7) gelesen?

»Vor dem Gesetz steht ein Türhüter.« Zu diesem Türhüter kommt ein Mann vom Lande und bittet um Eintritt in das Gesetz. Aber der Türhüter sagt, dass er ihm jetzt den Eintritt nicht gewähren könne. Der Mann überlegt und fragt dann, ob er also später werde eintreten dürfen. »Es ist möglich«, sagt der Türhüter, »Jetzt aber nicht.« Da das Tor zum Gesetz offen steht wie immer, und der Türhüter beiseite tritt, bückt sich der Mann, um durch das Tor in das Innere zu sehn. Als der Türhüter das merkt, lacht er und sagt: »Wenn es dich so lockt, versuche es doch, trotz meines Verbotes hinein zu gehen. Merke aber: Ich bin mächtig. Und ich bin nur der unterste Türhüter. Von Saal zu Saal stehen aber Türhüter, einer mächtiger als der andere …Der Türhüter gibt ihm einen Schemel und lässt ihn seitwärts von der Tür sich niedersetzen. Dort sitzt er Tage und Jahre.«

Gewiss, vieles in meiner eigenen Geschichte war anders: Die Grenzbeamten taten nur ihre Pflicht, aber in jedem Augenblick war ihre latente Macht spürbar. Dass hinter ihnen noch andere »Türhüter« standen, die nicht kannte, war offenkundig.
Es war inzwischen Tag geworden. Hinter den vergitterten Fenstern sah ich die Brandung des Meeres und die Fischerboote, die unruhig hin und her schaukelten. Der Raum war nicht beheizt. Es war ein bitter kalter Wintertag, so dass ich mir für die folgenden Wochen eine Erkältung zuzog. Inzwischen war es 9 Uhr, dann

10 Uhr geworden. Kein Signal, keine Reaktion von Seiten der Grenzbeamten bezüglich einer Weiterfahrt.

Ich konnte nicht anders: Ich musste meinem Unmut Luft machen. So nahm ich wieder auf dem Stuhl Platz, zog mein Reisetagebuch heraus und einen Stift und begann, immer im Blick auf die Grenzbeamten, zu schreiben. Ich schrieb und schrieb. Sie schauten mir dabei interessiert zu. Schließlich schloss ich das Buch, legte meinen Stift hinein, so dass die Spitze in Richtung der Beamten schaute, stand dann auf, schaute mir noch einmal bewusst das Buch an und legte es bedächtig auf den Stuhl. Das Wort thronte vor verstummten anonymen Gesichtern!

Was keiner von ihnen wusste, war der Inhalt folgender zwei Gedichte:

gestrandet

Strandgut an der syrischen Grenze
wie hingeworfen
vor ein schwarzes Eisengestänge
unschuldig verurteilt
zum Warten
vor Gesichtern
die das Gesetz so befahl
sprachlos warten auf wen
und wie lange

die Macht
hat kalt ihr Wort gesprochen

meine einzige Waffe
der Stift zum Schreiben

und es schreibt
vor den Gesichtern

wie von selbst
gleitet der Griffel spitz
übers weiße Papier
vor aller Augen
während der Präsident
von den Wänden her zuschaut
und von oben seine Fähnchen schwenken lässt
im Rhythmus
des Sturmes draußen
überm tobenden Meer
auf dem die Boote wie Nussschalen schwanken

es ist nass hier
und kalt

es zieht mich zurück
und ich möchte doch weiter

Macht

Verwickelt
in Beton und Eisen getaucht
durchs Checkpoints
im Hoffen behindert
vor Passkontrollen
in Angst versetzt
im Blick
verschlossene
Unwirschgesichter der Pflicht

bevor der Mensch menschliche Züge annahm
Kälte von allen Seiten
dringt in die Haut
alleine gelassen
vor eine Entscheidung
gestellt
die ein anderer
wo
namenlos
und zeitlos
trifft

dennoch

vor dir sind Menschen
die lieben und sich freuen
die Kinder haben
sich ängstigen und beten
wenn sie erst bei sich
machtlos
zu Hause sind

Ich hatte mit diesen Worten zumindest die kafkaeske Situation
eingefangen, in die ich verwickelt war und mich durch das ge-
schriebene Wort gegen die Leere behauptet, indem ich sie zur
Sprache brachte. Irgendwie schien einer der Grenzer wegen des
Blicks und des wortlosen Schreibens mein symbolisches Tun
begriffen zu haben und bot mir freundlich einen türkischen Kaf-
fee an. Er tat mir gut. Später erzählte man mir, wie man diesen
Kaffee zubereitet:
In kochend heißes Wasser den gemahlenen Kaffee hinzugeben.
Dann beides hoch köcheln lassen, dann von der Herdplatte weg-

stellen, bis sich das Gemisch wieder gesetzt hat – und dies bis zu vier Mal. Ein Wechselbad von Hitze und Abkühlen also schafft diesen so häufig und gerne servierten Kaffee. Was ich erfahren hatte, war nur das nur Abkühlen.

Um 10.30 Uhr schließlich kam ein neues Gesicht auf mich zu und legte mir Reisepass und Siegel in die Hand. Dabei machte der Beamte eine Bemerkung, die ich bis heute nicht begriffen habe: »Wir telefonierten mit dem General Aoun.« Der General Aoun ist heute der jüngst gewählte Präsident des Landes Libanon. Syrer und Libanesen sind sich feindlich gesinnt. Was sollte diese Bemerkung? Sie war wohl eine politische Anspielung auf die Parteizugehörigkeit des libanesischen Präsidenten.

So ein Visum kostet nicht wenig Geld: 40 000 Syrische Pfund. Ich musste zu einer nahe gelegenen Wechselstube, die in ihrem Interieur eher einer ärmlichen Wohnstube glich. Man gab mir dort ohne Quittung – was heißt wohl Quittung auf Arabisch? – 60 000 Syrische Pfund. Mir erschien dieser Kurs reichlich überzogen, aber ich dachte an die Inflationsscheine während der beiden Weltkriege mit noch weitaus höheren Zahlen, versuchte zu verstehen und steckte das Geld ein.

Ich wollte fort, nur rasch fort von diesem kalten unpersönlichen Ort.

Weiterfahrt hinter der Grenze

Dann stand ich alleine draußen vor dem Grenzgebäude. An mir fuhren viele Lastwägen und Autos vorbei. Ich bat einige Fahrer darum, mich über Tartus nach Aleppo mitzunehmen. Darunter war ein junges Paar. Der Mann trug den Kollar eines Klerikers, was mich für einen Augenblick Hoffnung und Vertrauen schöpfen ließ. Ich ging auf ihn zu und wiederholte mehrmals nur das Wort: »Tartus? Tartus?« Er tat so, als verstehe er mich nicht, wandte mir den Rücken zu und ging mit seiner hübschen und attraktiv geschminkten Frau weiter. Ich sollte ihn später, wie der Zufall so will, in einem für ihn kompromittierenden Zusammenhang wieder sehen. Schließlich wies mich ein Autofahrer darauf hin, dass in Syrien Autostopp verboten sei. Ich solle vielmehr mit einem Taxi zur nächstgelegenen größeren Stadt Tartus fahren, mir dort ein Hotelzimmer nehmen, da ich an diesem Tag bestimmt nicht mehr nach Aleppo komme. Wo aber jetzt im Grenzgebiet ein Taxi finden? Passanten an der Grenze halfen mir.

Mit dem Taxichauffeur fuhr ich dann durch das mächtige Grenztor, in dem noch einmal Pass und Visum kontrolliert wurden. Der Grenzbeamte und der Chauffeur kannten sich. Er selbst verstand angeblich weder englisch, noch französisch. Ich sprach trotzdem mit ihm, und er verstand doch Einiges. Dies war eine erste Lektion, die ich im Land lernte. Man spricht hier nicht über Religion oder Politik. Als ich das Land wieder verließ, legte einer der Syrer am Schluss des Gesprächs die Hand auf den Mund und schaute mich dabei mit ernster Miene an. Der Geheimdienst ist im Land überall präsent!

Die fast pfeilgerade Straße zwischen der syrischen Grenze und Tartus ist mit Bodenschwellen und Kontrollposten übersät. Auf Grund der dicht auf einander folgenden Kontrollen von Pass und Kofferraum fragte ich mich, ob vielleicht ein Kontrollpunkt dem anderen misstraue. Immerhin sah ich jetzt auch ein paar freundliche Gesichter. Das Grenzgebiet mit seinen Dörfern, Fluren, Gewächshäusern und armseligen bewachten Flüchtlingslagern, durch das ich fuhr, war friedlich. Zerstörungen durch den Krieg gab es hier offensichtlich nicht. Die Moscheen mit ihren kunstvoll gezierten Minaretten dominierten gepflegt und stolz die

Dörfer. Keine Spur von Krieg. Ich stellte mir vor, die in Schwarz gekleideten Frauen, einige von ihnen in Burkas eingehüllt, trügen bunte Gewänder. Welche Farbenpracht könnte sich dann auf den Straßen hin und her bewegen!

In einem Gedicht hielt ich später fest, welche Gedanken mir in diesem Augenblick durch den Kopf gingen:

Spontane Wünsche hinter der syrischen Grenze

Wäre ich euer Emir
und hätte ich in diesen Dörfern etwas zu sagen
würde ich die Moscheen
begrünen
würde mit dem Besen
über die staubigen Gehsteige fahren
die Schlaglöcher auffüllen
die Flüchtlinge aus den Lagern entlassen
um das Meer von willkürlich fliegendem Plastik
aufzusammeln
den Frauen in Schwarz
bunte Kleider anziehen
Burkas öffnen
die schönen Frauengesichter zu zeigen
ihnen erlöste Mienen
ins Gesicht malen

Ich würde ich hätte
aber ich habe nicht diesen Zauberstab

ich habe nur einen bunten Stift
in der Hand
dich zu beschwören

dich Grenze
die Menschen zu öffnen
du starres Gebilde
Schlinge um den Hals eines Landes
die du so viel gesehen
und ausgelöst hast

ohne das Herz eines Volkes zu wandeln

Meine Empfindung in diesen Augenblicken erster Begegnung mit Syrien war die einer abgrundtiefen Fremdheit und innerer Erstarrung. Der Chauffeur schien dies bemerkt zu haben, öffnete das Handgepäckfach und gab mir mit einem Lächeln eine runde Plakette aus Ton mit den Namen »Allah« und »Mohammed«. Was ich in den zurückliegenden sechs Stunden erlebt hatte, war zwar nur in Ansätzen das kalte Gesicht des Krieges, das erschaudern lässt, weil es die Menschen von sich selbst und von ihren Nächsten entfremdet und innerlich erkalten lässt. Aber schon in diesen Ansätzen verbarg sich das Hässliche von Feindschaft und Krieg: Nicht nur der Körper, vor allem die Seele wird verletzt, vergewaltigt, irritiert, in ihrer Hoffnung gestört.
Wer von den Kriegsherren hat noch die inneren Antennen, dies wahrzunehmen und Verantwortung dafür zu übernehmen, vor allem dafür gerade zu stehen?
Ganz anders die versöhnlichen Worte einer Schulleiterin, die ich in einem libanesischen Jahresbericht las:

»Die Botschaft, die Euch heute hinterlassen möchte, ist
folgende:
Ein weiser Mann fragte eines Tages seine Schüler,
woran man erkennen könne,
dass die Nacht zu Ende sei und der Tag beginne.

Sie überlegten eine Zeit lang und fragten dann:
»Ist es dann, wenn man einen Hund vom Schaf unterscheiden
*   kann?«*
»Nein!«, sagte der Weise.
»Oder dann, wenn man eine Dattel von einer Feige
*   unterscheiden kann?«*
»Nein!«, sagte erneut der weise Mann.
»Aber wann ist es dann?«, fragten die Schüler.
»Es ist dann, wenn man in das Gesicht irgendeines Mannes
oder irgendeiner Frau schaut,
und in ihm oder ihr seinen Bruder, seine Schwester, wieder
*   erkennt.*
Bis dahin ist es noch Nacht in Euren Herzen

Ja, in der Tat, es wird hell auf unserer Erde,
wenn die Geschwisterlichkeit unter den Menschen wächst.
Sie ist die Frucht dieser wunderbaren Gabe,
die Gott uns schon im Anfang vor aller Zeit geschenkt hat.
Baut also eine Zivilisation der Liebe!«

Inzwischen brach die Sonne durch den Nebel und die Wolken und durchdrang unser Auto mit vorfrühlingshafter Wärme.

Briefe aus der Not

Ich näherte mich jetzt räumlich und gedanklich immer mehr der Schule, die ich in Aleppo besuchen wollte. Eine Fülle von Mailkontakten und eine große Spendenbereitschaft von Einzelpersonen, durch eine Pfadfindergruppe, Ökogruppe, Schule und von Pfarreien am Untermain waren der Fahrt nach Aleppo vorausgegangen. Sie waren durch die Briefe mit Pater Georges bestens über die aktuelle Lage der Schule informiert.

Der Pater schildert sie im Februar 2017 mit folgenden Worten:

»Die Al-Inaiet-Schule hat 1975 mit 82 Schülern ganz klein begonnen. Sie konnte sich auf 1050 Schüler im Jahre 2000 steigern. Nach der politischen Krise waren hier nur noch 204 Kinder. Im Augenblick unterrichten wir 677 Schülerinnen und Schüler – 70 % von ihnen sind Christen, 30 % Muslime. – Vor der Krise waren bei uns nur 10 % Muslime, z. T. auch nur 3,5 %. Aber auf Grund der Auswanderung der Christen – welch Unglück für uns! – haben wir mehr Muslime angenommen.
Die Muslime legen Wert darauf, ihre Kinder zu uns zu schicken. Wie sollten wir sie zurückweisen! Unsere Schule hat einen sehr sehr guten Ruf wegen der Disziplin und wegen der bei den öffentlichen Prüfungen erzielten Erfolge. Gott sei Dank. Der äußere Rahmen unserer Schule ist sehr angenehm. Unter den 64 Lehrkräften herrscht eine sehr freundliche Atmosphäre.«

Es folgten Briefe über Briefe, deren unverhohlener Hilfeschrei auch an die deutsche Öffentlichkeit getragen wurde. Aus einigen von ihnen sei im Folgenden zitiert:

Aleppo, August 2015

»Ich kann Ihnen mitteilen, dass sich die Lage in Syrien immer mehr verbessert. Gott sei Dank! Aber mit immer neuen Überraschungen und Situationen des Verrates. Dank an das Eingreifen der russischen Luftwaffe!
Auf der konkreten Alltagsebene allerdings verschlechtert sich alles: keine Arbeit, folglich kein Einkommen – bis auf die Beam-

ten – kein Wasser, kein Strom, tage- und wochenlang, die Kommunikationswege sind unterbrochen, Menschen werden entführt, verpflichtender Militärdienst … keiner weiß, wie lange noch. Das Leben wird immer teuerer. Wären uns nicht die Kirche und Hilfsorganisationen zu Hilfe gekommen, die Menschen hätten sich gegenseitig aufgegessen: Diebstähle, Vergewaltigungen, Streitereien, Lügen. Unerträglich das alles und das dauert, dauert, dauert. Und keiner sieht ein Ende dieses höllischen Krieges. Alles wird noch komplizierter, und es sieht düster aus. Infolgedessen packen alle, die weggehen können, den Koffer. Das ist ein Aderlass für unsere Gesellschaft.

Um Ihnen ein Beispiel zu geben: Unsere griechisch-katholische Gemeinde zählte 2010 noch 4500 Familien, heute sind es nur mehr 1500. Die Mieten steigen ständig. Die Händler und »Kriegsprofiteure« suchen herzlos ihren Profit, denn der Krieg kennt »weder Glaube noch Gesetz.« Ich kenne mehrere Familien, die seit mehreren Monaten kein Fleisch gegessen haben, keine Früchte. Es fehlt an Milch für die Babys, Windeln für Babys und die alten Menschen. Die Leute hier müssen sich mit dem monatlichen »Brotkorb« zufrieden geben. Manchmal erreicht er sie nur alle zwei bis drei Monate. Darin sind: Linsen, Reis, einige Dosen Sardinen (nur manchmal), zwei oder drei Flaschen Öl, Zucker, Tee, Salz, Konfitüre (manchmal) … Dies alles, um nicht an Hunger zu sterben. Das verteilte Geld wird für Kleiderkauf verwendet, für Arznei, für Strom (nachts), für Heizöl. Der Preis steigt ständig: Früher kostete der Liter 135 Syrische Pfund, heute sind es 190, falls es überhaupt welches gibt. Oder aber es gibt den Schwarzmarkt mit 400 oder 700 S.P. für den Liter. Dazu kommt der Kauf für das tägliche Brot und andere Dinge … Alle Lehrer, die mich in diesem Sommer aufsuchen, verlangen Lohnerhöhung, obwohl das Kultusministerium gerade erst ihren Lohn um 40 % angehoben hat … Gerechterweise und auch von meinem Gewissen her muss ich ihnen einen gerechten Lohn auszahlen …«

… Danke für Ihre Hilfe zu Gunsten einer Kirche in Not und Verzweiflung, die mit ihrem Volk ein Martyrium erfährt. Täglich werden es weniger Christen. Sie laufen ins Leere und stürzen in die Verzweiflung.

Seit vier Jahren erleben wir nun diese Hölle mit all ihren Dämonen, die unsere Nerven und unsere Mittel aufbrauchen. Seit 35 Tagen haben wir keinen Strom, 17 Tage lang fehlte uns das Wasser – seit fünf Tagen haben wir wieder welches. Die Kommunikation nach Außen gestaltet sich ganz schwierig. Nicht vorstellbar unsere Ernährung: Nur Wenigen ist es vergönnt, zwei oder ein Mal die Woche Fleisch zu essen. Es gibt kaum Früchte, kaum Milch für die Babys, keine Windeln für sie und für die alten Menschen. Es wird kalt und wir haben kein Öl oder Benzin für die Autos, vor allem dann, wenn Aleppo ganz von der Außenwelt abgeschnitten ist. Jeden Tag verlassen uns Menschen. Sie verlassen Aleppo oder ganz Syrien, denn sie ertragen dieses Leben hier nicht mehr. Sie haben Angst, dass Bomben auf sie fallen oder ihre Wohnungen zerstören könnten.

Unsere Schulen verlieren ihre christlichen Kinder zu Gunsten von muslimischen: In diesem Jahr haben 164 Schüler unsere Schule verlassen, an ihre Stelle traten 49 Muslime. Sie machen jetzt 24 % unserer Schule aus. Sie gehen weg, entweder weil sie das Land für immer verlassen wollen, oder weil alles so teuer ist, obwohl das Schulgeld an meiner Schule mit neun Euro pro Monat am niedrigsten ist.

Wir tun, was wir können, um die Eltern zu überzeugen, dass es doch Hilfe durch die Caritas oder kirchliche Gruppen gibt … wenn nicht, könnten wir nur im Mangel leben. Das Schulgeld deckt nicht die Kosten für die Lehrergehälter, für Öl, Steuern, Essen für die Kinder. Seit zwei Tagen fallen unaufhörlich Bomben auf die Stadt, vor allem in die Viertel der Rebellengruppen, obwohl die syrische Armee inzwischen Fortschritte macht … aber das nimmt kein Ende: »Bis wann noch Herr?«, fragen sich die Christen. »Wir haben schließlich die Zivilisation des Orients wesentlich geprägt.«

Aleppo, Januar 2016

»Unsere große Wunde bei unseren Weihnachtsfeiern war die Erinnerung an Hunderte von Familien, die uns in Richtung Europa und Amerika verlassen haben. Das Schlimmste, was uns passieren konnte und was uns am meisten ins Herz traf, war die kostenlose Ausreise (Flugtickets etc …) aus unserem Land nach Kanada. Wir hatten den Eindruck, dass sich die ganze Welt gegen uns verschworen hat, um den Orient von Christen leer zu fegen – wir, die wir hier 2000 Jahre lang zivilisiert haben… Warum diese unselige Koalition? Wir wollen dort bleiben, wo uns Gott als Sauerteig für die Zivilisation und für das Heil der Menschen eingepflanzt hat, unabhängig von ihrer Religion, Geschichte, Hautfarbe, Glaubenszugehörigkeit … Und die Christen ziehen weg. – Welch ein Verlust für alle, die geblieben sind!

Weihnachten war ein großes Fest! Sie hätten sehen sollen, wie die Augen der Kinder aufgegangen sind, wie sie vor Freude und Staunen strahlten. Es waren unvergessliche Tage für diese Kinder, die sich seit fünfeinhalb Jahren unter ihre Betten zu Hause oder unter ihre Pulte verkriechen, sobald die Granaten neben ihnen explodieren. Kinder, die in Wasserkanistern das Wasser in ihre Häuser tragen müssen – aus Brunnen, die ihre Eltern neu gegraben haben, Kinder, die bei Kerzenschein lernen müssen, oder deren Eltern für zu Hause Strom von ein paar Ampère für ihre Generatoren kaufen. Seit 20.10.2015 liefern die Stromwerke keinen Strom mehr … Und wir wissen nicht, wie lange noch…

Bald kommt Wasser, bald keines… Es hängt vom »guten Willen« (oder bösen Willen) der Terroristen ab, die diese zentralen Stellen besetzen.«

Brief der Pfadfinderin Christa vom November 2016

»Die Granaten fallen weiterhin wie Regen über die Stadt herein. Es gibt viele Opfer, viel Not. Wir spüren, dass die Rebellen merken, dass ihr Ende gekommen ist. Deshalb verdoppeln sie ihr wildes Verhalten und ihre Bomben. Die Preise für die Waren steigen weiter, und alles ist teuer.
Wir danken P. Georges, der uns von Seiten der Schule sehr unterstützt. Ohne seine finanzielle Hilfe könnten wir gar nicht zu Schule gehen. Er liebt uns sehr, und auch wir lieben ihn. Wir danken Ihnen, allen Spendern und vor allem den Pfadfindern für alles, was Sie für uns tun.«

Aleppo, Dezember 2016

»… Wir sind wirklich sehr berührt von Ihrer Nächstenliebe, Ihrem Wohlwollen und Ihrer Mitsorge … Sie haben Menschen wach gerüttelt, die von uns nichts wissen. Man hatte sich wohl gefragt: Wo liegt denn Syrien? Wo Aleppo? Obwohl doch beide eine glorreiche Geschichte hatten! Jetzt liegen sie in Trümmern. Wir müssen die Geschichte und die Zivilisation neu gestalten. Dies wird mit Gottes Gnade und mit der Hilfe, wie der Ihren und der Wohltäter auch geschehen.
Glücklicherweise ist heute der Krieg hier in Aleppo selbst fast beendet. Es gibt ihn noch etwas in der Umgebung … in entfernteren Städten wie Palmyra, Deir Ezzour und in einigen christlichen Dörfern wie Quaiet, Yakoubiet. Danke, dass Sie das

Gewissen Europas wachrütteln in diesem höllischen Projekt ...,
den Orient seiner Christen zu entleeren. Dies wäre eine Katas-
trophe für jeden.«

Aleppo im Januar 2017

»Gott sei Dank konnten wir diese Feste auf wunderschöne Weise
feiern, weil der Friede nach Aleppo wieder zurückgekehrt ist ...
vor allem in unsere Viertel und ins Stadtzentrum ... Leider
ist er noch nicht überall in der Stadt zu finden ... vor allem im
Osten der Stadt, wo sich noch die Rebellen und Söldner aufhal-
ten, wo manches Mal noch Bomben herunterregnen und Panik
und Unheil ausstreuen. Vergessen wir nicht, dass ganze Land-
striche noch von den Rebellen besetzt sind, dass der Strom seit
mehr als einem Jahr unterbrochen ist, die Lebenshaltungskosten
weiter steigen, das Militär die Menschen verjagt. Die satani-
schen Pläne setzen sich weiter fort. Bis wann, mein Gott, bis
wann?
Wir würden uns freuen, wenn Sie uns in Aleppo besuchen könn-
ten. So können wir Sie näher kennen lernen und Ihnen die Stadt
Aleppo zeigen, die leider zerstört ist und einen zum Weinen
bringt ...«

Auf dem Hintergrund solcher Schreiben, um einzelne Passagen
und Segenswünsche gekürzt, brach ich also nach Aleppo auf,
Aleppo, die Stadt mit der »glorreichen Vergangenheit«, die aber
ihre Bewohner »zum Weinen bringt«, eine der ältesten Städte
der Welt, Rivalin von Damaskus, Handelsmetropole. Ich freute
mich auf diese 5000 Jahre alte Stadt, die wie ein Mandala aufgebaut ist – in der Mitte die Zitadelle, zwei Moscheen, Reste
eines Palastes und eine mittelalterliche Bäderanlage. Im Herzen

der Altstadt das Labyrinth der Karawansereien und Suqs, die sich auf ein Gängelabyrinth von mehr als 10 km verteilen. So in den Reiseführern nachzulesen. Doch von Trauer und Tränen sprachen die Fernsehbilder aus Ost-Aleppo und aus Teilen des Zentrums, wo Barbaren ohne Sinn für Menschlichkeit, für Geschichte und Kultur, Heimat zerstört haben. Die Geschichte wird sie richten. Ich war gespannt darauf, die Verantwortlichen der Al-Inaiet-Schule mit ihren Schülerinnen und Schülern zu treffen.

Die Warnung

Die Zeiger meiner Uhr hatten schon den Mittagspunkt überschritten. Der Direktor der aleppinischen Schule hatte mir übers Telefon geraten, vor der Weiterfahrt nach Aleppo beim Bischof der griechisch-katholischen Kirche von Tartus, der nächst gelegenen größeren Stadt, vorzusprechen. Die Küstenstadt Tartus ist eine saubere westlich anmutende Stadt, keine Spur von Krieg. Auch eine historische Stadt: Sie war die letzte Bastion der Kreuzritter auf dem Festland, das sie vor 700 Jahren verlassen mussten. Ihr heutiger Kriegshafen für die russische Flotte macht sie zu einer geschützten Oase für die syrische Bevölkerung.
Gegenüber von Tartus die Insel Arwad, die mit ihrer 4000jährigen Geschichte bereits im Alten Testament Erwähnung fand und von den Phöniziern zu einer Festung ausgebaut wurde.
Mein Taxi hielt vor einer ganz in Weiß getünchten Kirche, die mit einem schmucken schmiedeeisernen Gitter umgeben war. Dahinter gepflegter grüner Rasen und Palmbäume. Kurz vor dem Aussteigen sagte mir noch der Fahrer, er fahre jetzt nach Homs. Ich solle doch mit ihm an der imposanten Kreuzfahrerfestung Crac des Chevaliers vorbei nach Homs weiterfahren und von dort aus versuchen, nach Aleppo zu kommen: »No risk!« Ich

stieg aus, gab ihm die 10 000 verlangten Syrische Pfund und stand mit meinem Koffer vor der Eingangstüre, um den Bischof zu sprechen. Ich läutete.

Wieder Warten, Ich wollte doch möglichst schnell weiter nach Aleppo!

Später schrieb ich:

arabisches Zeitempfinden

Nicht die Uhr bestimmt hier die Zeit
nicht mechanische
nicht digitale Chronographen

sondern der Mensch

Dieser sagt: Was zählt, ist der Augenblick.
Koste die Zeit aus!
Sie kommt nie mehr zurück.
Dehne den Augenblick,
lass ihn sprechen,
bring ihn zur Entfaltung,
lass doch ihn entscheiden!
Zeit ist nicht.
Sie wird erst
mit deiner Zeit

Der Bischof empfing mich merkwürdig zurückhaltend, zunächst mit einem türkischen Kaffee, den ich einem Armen, der mit mir im Raum saß, weitergab.

»Herr Bischof, ich möchte noch heute weiter nach Aleppo.« Da brandete eine Woge von Warnungen auf: »Wie können Sie! Sie sind ein Hasardeur. Wir leben hier im Kriegsgebiet. Vor 14 Tagen traf eine Granate unseren Nachbarn. Wo ist Ihr Empfehlungsschreiben durch eine Organisation? Am besten gleich mehrere auf einmal. Sie haben eine offizielle Einladung des Direktors, das genügt nicht! Man wird Sie unterwegs stoppen, vielleicht verhaften, kidnappen, bestenfalls zurückschicken. Keiner wird dann wissen, wo Sie sich aufhalten.«

Einer der Anwesenden zeigte mir seine App mit einer interaktiven Karte vom aktuellen Kriegsgeschehen rund um Palmyra, Idlib und im Osten von Aleppo. Auch für Al Bab wurden Kämpfe angekündigt. »Verzichten Sie auf Aleppo und kehren Sie um!« Gleichzeitig kam ein Telefonanruf des Schuldirektors: »Mieten Sie sich einen Pullman und fahren Sie nach Aleppo. Es besteht kein Risiko. Die anderen Taxis sind auch angekommen.«

Der Bischof lud mich dann zum Mittagessen ein. Am Tisch saß mir schräg gegenüber der Kleriker, den ich in der der syrischen Grenzstation getroffen und mit »Tartus?« Tartus?« fragend angesprochen hatte. Ich beließ es bei einem: »I saw you in this morning.« Verlegen schaute er in seinen Teller.

Inzwischen lagen meine Nerven blank, auch auf Grund dessen, was alle anderen Anwesenden wussten. So bestellte ich ein Taxi für die Rückfahrt nach Beirut.

Aleppinische Augenzeugen

Ich wusste nicht, was aktuell Ende Januar 2017 in ganz Aleppo geschah. Wahrscheinlich hätte ich in Friedenszeiten die Route über Ladiqiya und Idlib nach Aleppo genommen, um mir meinen eigenen Eindruck zu machen, aber »wer sich so wie du in

Gefahr begibt, kommt darin um«, hatte mir ein Freund zu Hause vor der Abreise noch warnend nachgerufen, als ich ihm von meinem Plan erzählte.

Wie leben die Menschen dort in Aleppo, Christen wie Muslime? Mich hatte diese Frage seit Beginn meiner Kontakte nicht losgelassen.

Wenn wir Nachrichten aus Aleppo hören oder sehen, dann geben sie meist die entsetzliche humanitäre Situation vor allem in Ost-Aleppo wieder. Vor Weihnachten 2017 war ein Interview in der Libanesischen Zeitung L'Orient-le-Jour abgedruckt, das die Studentin Mireille aus West – Aleppo zu Wort kommen lässt. (8)

Ihre Interviewpartnerin C. H. sagte im Vorspann zum Interview:

»Später wird man von Aleppo sprechen wie man heute von Sarajewo spricht oder von Srebreniza oder von Grosny. Man wird von verbrannter Erde sprechen, die uns das syrische Regime, Russen und Iraner, unter den Augen der westlichen Welt gebracht hat. Diese tragische Geschichte ereignet sich gerade einige Kilometer von unseren Grenzen entfernt. Diese Schlacht symbolisiert mehr als jede andere, von welcher Natur dieser syrische Konflikt ist, und was in ihm auf dem Spiel steht.«

Die Studentin und Augenzeugin Mireille sagte ihr im Interview:

»Ich bin 21 Jahre alt. Ich habe den ganzen Krieg um Aleppo miterlebt. Ich war in der letzten Klasse der Mittelschule, als ich zum ersten Mal die Wirklichkeit des Krieges erfuhr. Ich war gerade im Unterricht, als es eine starke Explosion gab. Es war weit von uns entfernt, aber wir hatten große Angst. Man brachte uns an einen gesicherten Ort, und unsere Eltern holten uns ab. Die Telefonleitungen waren besetzt.

Von da an hörten die Kämpfe nicht mehr auf, und wir lebten täglich mit der Angst. Ich legte meine Examina unter Bombenlärm im Hintergrund ab. Einige Zeit später hat es auch meine Schule getroffen. Ich konnte aber meine Schulzeit abschließen, machte mein Abitur und ging an die Universität von Aleppo. Ich bin Studentin der Wirtschaftswissenschaften. Natürlich hatten wir keinen normalen Studienplan. Die Lage war schrecklich, und unsere Moral war am Ende. Zudem hatten wir kein Wasser mehr und keinen Strom. Die Rebellen hatten uns von allem abgeschnitten.

Unsere Eltern taten alles, damit es uns an nichts fehlte. Viele meiner Freude und Professoren haben das Land in Richtung Libanon, Türkei oder weiter noch in Richtung Europa oder Australien verlassen. Die blieben, standen unter ständigem nervlichen Druck.

Meine Eltern hängen an ihrer Ackerscholle, an ihrem Land. Sie hätten sich nicht vorstellen können, das Land zu verlassen. Sie haben ein bedingungsloses Vertrauen auf Gott, auf die Armee und auf unseren Präsidenten. Es ist unser Land. Wir leben hier seit 1000 Jahren. Diejenigen, die gekommen waren, um uns zu bekämpfen, waren Ausländer mit den Ideen der Wahabiten. Es waren Ignoranten und Analphabeten. Bei uns zu Hause sprach man vor dem Krieg nicht wirklich über Politik. Seitdem aber sind alle Bewohner von Aleppo darin Experten geworden. Ich hörte den ganzen Tag über, wie man uns am Fernsehen falsch informierte, bei Al-Jazira, Al-Arabiya oder BBC. Sie heizten den Hass an und verlängerten den Krieg.

Als meine Freunde gingen, war ich traurig. Wir waren immer zusammen, und plötzlich waren sie aus meinem Leben verschwunden. 2012 war das schlimmste Jahr. Denn ich war damals nicht darauf vorbereitet, in ständiger Angst leben zu müssen. Ich war jung und ich verstand nicht, was um mich her geschah. Ich hatte Angst vor dem Kriegslärm. Ich fürchtete, dass jemand neben mir getötet werden könnte. Zum ersten Mal in meinem Leben war ich mit dem Tod konfrontiert. Ich befand mich zwischen dem, was man da und dort erzählte und den grausamen Bildern aus dem Fernsehen oder in den sozialen Netzwerken. Ich darf die Bekannten nicht vergessen, die getötet worden sind. Dann habe ich mich schließlich daran gewöhnt. Ich habe all das hinter mir gelassen und habe jetzt keine Angst mehr. Ich hielt mich nicht allzu oft mit meinen Freunden in den Cafés auf, bis auf die, die in meiner näheren Umgebung wohnten. An den Abenden sah ich von meinem Balkon im sechsten Stock im Viertel Soleimaniyeh aus, wie Wolken von Rauch aufstiegen. Ich sah, wie die Granaten aufblitzten, und wie die Geschoße über die Stadt hereinfielen. Die Rebellen sind gnadenlos. Wenn man kommt, um einen von etwas zu überzeugen, dann tötet man doch nicht oder stellt den Wasserhahn ab! Sie wünschen uns den Tod. Wir haben ihnen nichts getan. Die Armee hat ihnen Waffenruhe angeboten und Waffenstillstand, damit sie sich ergeben könnten. Unser Präsident hat ihnen oft Amnestie angeboten, damit sie die Stadt verlassen.

Ich bin Christin und Maronitin. Auf der Place Farhat steht die Eliaskathedrale. Sie wurde bombardiert. Wie schön war sie zuvor! Vor einigen Tagen bin ich dorthin gegangen und brach in Tränen aus. Zwar sind es letztendlich nur Steine. Was aber zählt, ist die Zeit, die uns der Krieg gestohlen hat und die Menschenleben, die wie davon geflogen sind. Zusammen mit anderen jungen Maroniten haben wir vorgestern begonnen, sie wieder herzurichten und zu reinigen, damit wir dort die Christmette feiern können. Wir wollen der Welt zeigen, dass Gott selbst in einer zerstörten Kirche und selbst im Krieg mit uns ist.

Sie können sich gar nicht vorstellen, wie glücklich ich bin, wenn ich höre, dass die Armee uns befreit hat, und dass es keine »abgemähten« Leben mehr gibt.

Wir werden ein neues Leben beginnen können.«

»Viele meiner Freude und Professoren haben das Land in Richtung Libanon, Türkei oder weiter noch in Richtung Europa oder Australien verlassen. Die blieben, standen unter ständigem nervlichen Druck« ... schreibt die Studentin.

Was junge Menschen dabei empfanden, wenn sie durch Flucht von ihren Freundinnen und Freunden getrennt wurden, fasst eine Sechzehnjährige Libanesin in die ergreifenden Worte:

Für immer – Brief an eine Klassenkameradin, die wegzog

Du hattest mir versprochen,
mich nicht im Stich zu lassen.
Aber dein Versprechen konntest Du nicht halten.
Du zogst es vor, wegzuziehen
in die Märchenländer.

Oft sehe ich Dich vor mir,
als Du mich umarmtest.
Oft rufe ich nach Dir
in der Hoffnung auf eine Antwort.

Nie aber kamst Du zurück,
so oft ich auch darum gebetet habe,
Dich noch einmal zu sehen.

Wisse, ich werde Dich nicht vergessen.
Denn in mir lebst Du für immer weiter.

(N.K.)

Mohammed, Student und einer der Weißhelme in Ost-Aleppo berichtete C.H. im Interview:

»Wie jeden Morgen wache ich auch heute mit dem Gefühl auf, durch die Flugzeuge und Bomben nur eine Minute lang geschlafen zu haben. Ich stehe aber trotzdem auf, getragen von der Idee, dass die Menschen mich brauchen werden. Ich gehe meiner Arbeit nach, ohne zu wissen, ob ich am Abend noch lebend nach Hause komme. Werde ich heute von einer der Splitterbomben, Phosphorbomben oder gar Fassbomben verschont geblieben sein? Am Morgen holt ein Auto die Sanitäter ab; denn wir wohnen alle in weiter Entfernung vom Krankenhaus. Es ist das größte Landhospital von Ost-Aleppo.

Dann beginnt ein echter Wettlauf mit der Zeit. Wenn wir ankommen, lösen wir zunächst das Nachtpersonal ab. Wir öffnen die Türe und sehen vor unseren Augen, was sie die ganze Nacht gemacht haben. Wir reinigen und bereiten die Operationssäle und das OP-Material vor. Die Todesschwadronen kreisen bereits über unseren Köpfen. Und schon beginnen erneut die Bombardierungen. Der Boden erzittert unter unseren Füßen. Wir versuchen, uns zu verstecken und wir zwingen uns dazu, unsere Angst zu verbergen. Die Krankenwägen und Privatautos kommen von allen Seiten, bringen verwundete Frauen und Kinder im Halbschlaf. Ihr Pyjama ist blutgetränkt. Man bringt uns Menschen, von denen wir nicht wissen, ob sie noch leben. Halbe Körper, abgerissene Körperteile. Die Familien sind in Tränen aufgelöst und hoffen, dass wir etwas tun können. Aber manchmal ist es zu spät. Dies zerreißt uns das Herz.

Am schwersten zu ertragen ist das Schicksal der Kinder, die diesem Krieg zum Opfer fallen. Sie wissen nicht einmal, wer Baschar al-Assad oder was Rebellion ist. Alles, was sie sich wünschen, ist, dass sie essen und spielen können … leben ganz einfach.

Wenn sich die Lage etwas beruhigt, essen wir abwechselnd etwas. Man gibt uns ein Glas Tee, Brot, etwas Öl und Thymian. Es gibt nichts Essbares mehr in Aleppo. Wir arbeiten manch-

mal mit leerem Magen. Vierzehn Stunden lang, manches Mal noch länger. Die Ärzte bitten uns, sparsam mit den Nadeln und Medikamentendosen umzugehen, aber das ist nicht leicht. Bald werden wir gar nichts mehr haben, um die Menschen zu versorgen.

Am Abend gehe ich wieder nach Hause. Es gibt natürlich keinen Strom. Mein Telefon habe ich im Krankenhaus aufgeladen. Mit Coupons kann ich das Internet öffnen. Das klappt besser auf der Straße als in meiner Wohnung. Die Flugzeuge fliegen noch immer über uns. Ich möchte nicht, dass sie das Licht meines Laptops bemerken, so verzichte ich tagsüber auf das Gespräch über WhatsApp mit meinen Kollegen aus der Arbeitsgruppe. Wir stützen uns gegenseitig, indem wir uns darin bestätigen, dass wir diesen Beruf nicht umsonst ergriffen haben, selbst wenn wir uns oft hilflos fühlen.

Wenn ich mich dann schlafen lege, denke ich an die Herausforderungen am nächsten Tag – etwas zu essen zu finden, Benzin, am Leben zu bleiben ...«

Beide Interviews verschlagen einem den Atem. Unvorstellbar, was Entfremdung, Hass und Feindschaft ausrichten und wie sie Menschenherzen zerstören.

Wenn man bedenkt, dass alle äußere materielle Zerstörung auch Ausdruck einer inneren Zerstörung ist!

In den Worten eines 16-jährigen Schülers aus Beirut klingt dies so:

Welt in Wut

Welt im Krieg, in Ungerechtigkeit und Not –
eine terrorisierte Menschheit lebt in der Hölle.
Überall herrscht Leid,

überall ist Gewalt ausgesät worden.
Kämpfe wurden ausgelöst,
eine Welt in Wut brach los.

Welt im Krieg, in Ungerechtigkeit und Not.
Aufgegebene Kinder vagabundieren umher,
Hunger breitet sich aus,
Konflikte zwischen den Religionen brechen auf.
Nur die Waffen zählen.
Niemand wagt sich zu erheben.

Welt im Krieg, in Ungerechtigkeit und Not –
Das Leben war wie eine aufgeblühte Blume
und wurde ein erloschener Stern
im Dunkel der Nacht.

Rückkehr nach Beirut

Die Rückfahrt im Taxi nach Beirut gestaltete sich problemlos. Die syrischen Grenzsoldaten kannten mich noch von meiner morgendlichen Ankunft. Dieses Mal zeigten sie ein menschlicheres Gesicht: »Ist ihre Reise wirklich schon zu Ende?«, fragte mich einer von ihnen mit einem irgendwie verlegenen Gesichtsausdruck. Später wurde mir gesagt, die syrischen Politiker im Land liebten die Europäer deshalb nicht besonders, weil der Daesch, auch IS genannt, viele Europäer rekrutiert hatte, die ihren Hass auf die syrische Regierung, die christliche Religion und das Establishment brutaler und willkürlicher austobten als einheimische Terroristen. Im Taxi erreichte mich der Telefonanruf von Pater Georges: »Wir hatten uns so auf Ihr Kommen gefreut. Wir hätten zusammen für den Frieden hier beten können.

Ich habe fast geweint, als ich von Ihrer Rückreise erfuhr. Hier in Aleppo ist alles ruhig. Vom Norden her zieht Frieden ins Land ein.«

Die zwölf in Syrien zurückgelegten Stunden waren eine einzige Nachtmeerfahrt, die Erschütterungen, die ein Krieg für ein Land und in seinen Menschen auslöst, hautnah zu erfahren. Ich wurde verschlungen von Symptomen der Macht und Gewalt, um innerlich verletzt in den Libanon zurückzukehren. Der Syrienkrieg hatte mir seine kalte Seite gezeigt. Ständige Militärkontrollen, unfreundliches Militär, Bespitzelung, menschliche Kälte, die in der Natur ihren Widerhall fand, Unfähigkeit zur Kommunikation, Unberechenbarkeit der Waffenanschläge, Leben mit der Angst.

In den Libanon zurückgekehrt, besuchte ich ein Waisenhaus, in das auch syrische Kriegsflüchtlinge aufgenommen worden waren. Es lag gut versteckt vor dem Geheimdienst in den Bergen.

Nach dem Besuch bei den Kindern schrieb ich:

aufgegeben wie weggeworfen

rohe Diamanten
wirst du im Libanon finden
rief man mir vor der Abreise nach
die Diamanten
ich fand sie

in den fragend traurigen Augen
der Kinder
im neugierigen Blick auf den Gast
in einem aufblitzenden Lächeln
im Willen sich zu präsentieren

schauen Sie doch
ich kann schon lesen
und ich kann malen
ich mag meine Freunde
dieses Haus das mich aufgenommen

vor der Türe–
ihr Schicksal
einfach aufgegeben
wie weggeworfen
sich überlassen
den Fremden mit einem weiten Herzen
anvertraut

kleine kindliche Gärten
in denen Diamanten wachsen
um eines schönen Tages
für andere leuchten zu können

Drei dieser Kinder wurden von mir zumindest für ein Jahr adoptiert. Ich bezahle ihnen Schule und Internat – ein vergleichsweise unbedeutendes Zeichen der Anteilnahme an ihrem tragischen Geschick.
Wenige Wochen nach meinem Aufenthalt im Mittleren Orient erreichte mich dieser Brief aus Aleppo:

Aleppo, den 24.3. 2017

Ich möchte Ihnen heute einige Neuigkeiten mitteilen.
Vergangene Woche noch konnten wir beruhigt sein. Wir sagten
uns, die Lage werde sich verbessern, bis auf Ostsyrien, auf die

Gegend um Raqqa, Tabaka und Deir-el-Zour, wo der IS und die Terroristen die Macht haben und die Bevölkerung bedrohen. Sie ist in Angst und Schrecken versetzt, die Menschen haben Hunger, sind verzweifelt. Der syrischen Armee gelingt es nicht, irgendetwas zu tun, bis auf die Tatsache, dass sie von Hubschraubern Nahrung über der Bevölkerung abwerfen können, damit die Leute etwas zu essen haben und nicht Hungers sterben müssen: Denn alle Dörfer und Städte sind belagert und können sich nach Außen hin nicht mitteilen, höchstens übers Telefon oder andere Kommunikationsmittel.

Seit einer Woche aber haben sich die Neuigkeiten verschlimmert: Damaskus ist erneut durch Autobomben entsetzlich erschüttert worden. Es gab Hunderte von Toten und Verletzten. Die Terroristen haben sogar mehrere Viertel verwüstet, viele Menschen getötet, wenn sie auch selbst hohe Verluste hatten und sich in einige von ihnen besetzte Viertel zurückziehen mussten. Aber die Granaten regnen über Damaskus herein ... bis heute ... zu unserem Leid.

Selbst im Zentrum von Syrien gibt es Gegenden, die verwüstet wurden wie Hama, sowie die umliegenden Dörfer von Hama, die von Christen bewohnt werden wie Mhardé, Kafar, Bohom und andere ... Und die Menschen leben in Angst.

In Aleppo ist es in den meisten Vierteln der Stadt eher ruhig; aber es gibt noch viele Straßen, die bombardiert werden, und die Ruhe oder »der Sieg«, die man fälschlicherweise offiziell propagiert, sind noch nicht ganz wiederhergestellt. Gott sei Dank ist es in unseren wenigen christlichen Vierteln seit etwa vier Monaten ruhig, und das Leben ist wieder zurückgekehrt ... hoffen wir, dass das andauern wird.

Die Wunde der Auswanderung allerdings blutet noch immer und immer mehr. Täglich sagen wir Menschen oder Familien »Auf Wiedersehen« ... Wer wird bleiben? Und wie viele? Die ein Visum ins Ausland bekommen können, greifen danach. Mein Gott

... Mein Gott! Warum habt Ihr uns verlassen? Wem wird dieses Heilige Land gehören, ein christliches Land – seit Christus, seit Paulus, den Märtyrern und den großen Heiligen und das Land der Zivilisation, die die Christen v o n h i e r geschaffen haben.

Helfen Sie uns, zu bleiben ... helfen Sie uns, zu überleben, helfen Sie uns, unsere Fackel, die so schön brennt, um noch unseren Landsleuten, die Christus noch nicht kennen, Licht zu bringen, die nur den Namen kennen, einen entstellten Namen. Sie brauchen uns. Und die Intellektuellen unter ihnen, wie auch die Menschen, die ihr Syrien noch lieben, sagen: »Gnade und Erbarmen! Geht nicht weg! Ihr seid immer der Sauerteig der orientalischen Zivilisation gewesen, bleibt es auch!« ... Ja, wir schätzen noch immer unser Land, unser Volk, unsere Kirchen, unsere Institutionen, unsere Erde, unsere hinterlassenen Spuren, die von unserer Geschichte und unseren ruhmreichen Errungenschaften sprechen ...

Danke für Ihre Gebete, für die Bewusstmachung unserer Lage, unseres Landes, unseres Leids, unseres Kreuzes, das wir mit Mut, Geduld und Ausdauer tragen, aber das ist nicht immer leicht, auch nicht für die Weltbevölkerung.

Syriens Nachtmeerfahrt

In dem Gedicht von Charles Baudelaire »Le Voyage« fand ich einige Motive meiner vom Libanon aus geplanten und dann gescheiterten Syrienreise wieder.

In der zweiten Strophe seines Gedichtes lese ich:

*»Wir brechen eines Morgens auf, das Hirn voll Glut,
das Herz von Groll und ätzenden Begierden.*

Und, wie die Woge auf und nieder schaukelt,
wiegt unsere Unendlichkeit sich auf der Endlichkeit der Meere.« (9)

Der Morgen, von dem der Dichter spricht, ist die Zeit inneren und äußeren Aufbruchs für denjenigen, der sich auf eine Reise begibt. Die neuen Gedanken über das Ziel der Reise werden aus dem abgrundtiefen Brunnen der Nacht geboren. Im Gedächtnis kreuzen sich leidenschaftliche, hoffnungs- und mitleidvolle Gedanken, Menschen zu begegnen, die zum Spielball der Religion und von Großmächten geworden sind. Sie sind allesamt Märtyrer, hilflose Zeugen für die Grausamkeit des Krieges, in dem Kain erneut seinen Bruder Abel erschlägt. Groll über die Banalität der Lösung, Konflikte mit bestialischen Waffen auszutragen, über Falschmeldungen, über das journalistische Aufzählen der Toten und Hungernden für eine hilflos achselzuckende bis voyeuristisch zuschauende Öffentlichkeit, über die Zerstörungen der Städte mit ihren geistvollen historischen Bauten und Denkmälern. All das durchwühlt das Herz des ahnungslos Reisenden. Zudem die ständig lauernde und erlittene Erfahrung, menschlicher Kälte und Beziehungslosigkeit ausgesetzt zu sein, die auf Schritt und Tritt den Rückweg nahe legen.

Und dann immer wieder der momentane Durchbruch, das »Hochschaukeln« der Hoffnung in den intakt gebliebenen Orten, die ihr normales Leben weiter führen, gerade so, als ob nichts geschehen sei, in denen der Verkehr wie rasch fließendes Blut in den Adern pulsiert und sich das Netz der Beziehungen immer wieder neu knüpft, trotz der Tränen, die geweint wurden, wenn einer der Verwandten auf den Schlachtfeldern rings um Damaskus oder Aleppo sein Leben verlor. Auf dieser »Endlichkeit der Meere« schwimmt der Syrienreisende dahin, zerrissen von Kampf, Dualität und Zweifel, aber auch als Mensch, der hoffnungsvoll betet und das Unendliche in sich trägt – als Schatz, Tiefe und Quelle des Vertrauens in eine verheißene humanere Zukunft.

Die Fahrt nach Syrien zeigte nicht nur eine individuelle und persönliche Seite. Sie war auch Bild für die aktuelle Lebensreise Syriens selbst, eine Nachtmeerfahrt, die aber in diesen Tagen im Gegensatz zum archaischen über Jahrtausende hinweg immer und immer wieder erzählten Heldenepos im Dunkel der Angst, der Perspektivlosigkeit und der Trauer auf tragische Weise stecken geblieben ist. Erzählt der Mythos von der Nachtmeerfahrt doch von dämonischen Mächten, von Drachen, Schlangen, Felsen und Gräbern, die sich den Helden und Heldinnen in der Tiefe ihrer Nächte offenbaren – mögen sie sich Re, Gilgamesch, Danae, Jonas, Moses oder Jesus nennen – denen aber nach dem verschlingenden Dunkel der Nacht, des Sterbens und der Trauer das Licht des neu geborenen Tages, neues Leben, neue Hoffnung, neues Glück, die Kraft des Auferstehens geschenkt ist! Syrien aber verharrt noch im Dunkel seiner Nacht und Hoffnungslosigkeit, wie die vielen zitierten Briefe zeigen.

In den letzten Zeilen von Baudelaires Gedicht aber schimmert Hoffnung durch:

»O Tod, alter Kapitän, es ist Zeit! Lasst uns die Anker lichten!
Dieses Land hier sind wir leid, o Tod! Lass uns ausfahren!
Ob Meer und Himmel auch schwarz wie Tinte sind,
unsere Herzen, die du kennst, sind voller Strahlen!« (10)

Drei Zeilen genügen dem Dichter, um das Abgründige, die Todesgefahren und das Dunkel einer Nachtmeerfahrt fast »ätzend« vor Augen zu führen. Der alte Kapitän des Schiffes ist der Tod. Er vermag es, mit den Lebenden den Anker für die Ausfahrt in ein neues Land zu lichten. Konkrete Hoffnung hingegen keimt in der vierten Zeile auf. Sie evoziert das Bild von der mit dem Tod vertrauten Mitte des Menschen, dem Sitz aller Wandlung, das Herz, das »voller Strahlen«, voller Licht, ist.

Europa hat in seiner langen mythischen, philosophischen und religiösen Tradition immer das Herz als Sitz für den göttlichen Funken der Freude, Hoffnung auf Todüberwindung und neues Leben wach gehalten. Wird es noch einmal die geistige Kraft haben, in Gestalt der mythischen Europa auf dem Rücken des Gottes Zeus erneut in ihre Heimat, die Levante, zurückzukehren, um ihre angestammte Heimat wieder aufzubauen?

Sie muss es nicht alleine tun! Ihre Kinder »Recht« und »Gerechtigkeit« sind mit ihr auf dem Weg, so dass frühlingshaft Friede, Freiheit und Liebe hier wachsen können.

Kapitel 2

2018 Erneuter Aufbruch nach Aleppo

Blick auf mein aleppinisches Stadtviertel

Ich stehe hinter einem der beiden hohen Rundbogenfenster im Turmzimmer der Sankt-Georgs-Kirche von Aleppo. Der Pater und ehemalige Dekan dieser Kirche hat mir sein asketisches Zimmer für die Tage meines Aleppoaufenthaltes zur Verfügung gestellt. Die Wände sind mosaikartig mit vielen zum Teil schon vergilbten Erinnerungsbildern von seinen europäischen Verwandten und mit zwei Ikonen geziert. Schonungslos zeigen sie die Enthauptung Johannes des Täufers und den Drachenkampf des Heiligen Georg. Sie verkörpern zwei Gestalten, die Machtlosigkeit angesichts der Mächtigen und zugleich geistige Kräfte darstellen, die stärker sind als Tod und Teufel. Gewalt und Verheißung einer neuen besseren Welt ringen hier miteinander.

Mit dem Ruf des Muezzins vor Sonnenaufgang bin ich aufgewacht, habe mir die achtstündige Taxifahrt zwischen Beirut und Aleppo, die von den rhythmisch skandierten Kontrollen an den Checkpoints mit ihren nervigen Bodenschwellen bestimmt war, vom Leib gewaschen und stehe nun unter dem zwei Meter hohen Fenster, das von Außen gesehen einer Schießscharte ähnelt. Von hier habe ich Einblick in eine von grünenden Ahornbäumen gesäumte Straße, deren linke und rechte Seite durch ein feinnerviges Gewirr von Elektrodrähten verbunden sind. Auf den Dächern lauschen rostige Teleskopschüsseln in den Morgenhimmel. Parkplatznot zu beiden Seiten der Straße herrscht auch hier. Im Ohr das vertraute endlose Gezwitscher der Spatzen. Einer der vier herumstreunenden Katzen lauert einer Taube auf. Sie fliegt beim Sprung der Katze erschrocken davon.

Nichts, aber wirklich gar nichts erinnert im Stadtteil Souleimaniyeh an Krieg oder Gewalt. Keine Zerstörungen, keine Unordnung, normales Alltagsleben, das sich mit höher steigender Sonne in geschäftiges Treiben steigert. Zwei Frauen laufen fast im Gleichschritt auf gleicher Höhe nebeneinander her, die eine ganz in Schwarz eingehüllt, die andere westlich gekleidet. Ich wartete auf den Augenblick, an dem die eine Dame die andere grüßend überholen würde. Doch nichts dergleichen geschah. Vielleicht treffen sich ihre parallelen Wege, denen sie folgten, im Unendlichen, wie meine Linien des gestrigen Tages:

Von Deutschland kommend, in die westliche Nachrichtenwelt über Land und Leute Syriens eingezwängt, lief parallel zu meinen Kenntnissen, Phantasien und Ängsten vor diesem Land im Kriegszustand ein mir noch unbekannter Teil mit. Er war dunkel und ließ nur ein begrenztes Sichtfeld frei. Werden sich die gedanklichen Linien von erschreckenden Vorkenntnissen und unmittelbarer Erfahrung begegnen? Ich wollte dies wissen, deshalb war ich in dieses Land aufgebrochen.

Mein Blick ging zurück in den gestrigen Tag. Nachtflug mit der Lufthansa A 321 bis zum Haririflughafen in Beirut, dort in schwüler Morgenluft ein schier endloses Warten an der Visaausgabe. Die Grenzbeamten ließen sich Zeit. Auch als ein Tourist vor aller Augen in Ohnmacht fiel, sollte dies ihren Rhythmus nicht beschleunigen. Links neben der Kontrolle ausländischer Neuankömmlinge reihten sich schweigend zwei Schlangen einer Touristengruppe von Araberinnen und Arabern, die mich durch ihre Kleidung – die Männer ganz in Weiß, die Frauen in Schwarz – unvermittelt in eine orientalische Aura eintauchten. Ich bewunderte ihre Ruhe und Gelassenheit. Einige Frauen setzten sich auf den Boden und harrten der Dinge. Jemand neben mir sagte: »Schauen Sie in diese Gesichter. Sie sehen alle fast gleich aus.«

Ich fand das nicht.

Am Ausgang erwarteten mich dann zwei Taxichauffeure, ein libanesischer und ein syrischer, der an einem Rastplatz schließlich das Steuer übernahm. Syrische Chauffeure dürfen im Libanon keine Fahrdienste leisten. In meinem Taxi saß die Frau des ehemaligen syrischen Botschafters in Bonn, eine Welt erfahrene resolute Frau, die in ihren Erinnerungen über Deutschland nur so schwelgte. Aus ihrem Mund kam ein Sprachengewirr wohl aus all den Ländern, in denen sie ihren Mann in seiner diplomatischen Funktion begleitet hatte. Neben mir der Neffe des Dekans, arabisch-französischer Abstammung, der ebenfalls zum ersten Mal auf dem Weg zu seinem aleppinischen Onkel war.

Um vom Libanon aus nach Syrien zu kommen, gibt es zwei Grenzübergänge, den Übergang bei Aarida am Mittelmeer entlang, den ich bereits im vergangenen Jahr so frostig kennen gelernt hatte und den zweiten für den Weg im Landesinneren in Richtung Damaskus. Ihn hätte ich vorgezogen und hatte ihn auch auf meinem Visumantrag an der Syrischen Botschaft in Berlin angegeben. Wegen der Unruhen in Gutha, wo sich gerade eine Untersuchungskommission der UNO wegen eines möglichen Giftgasangriffs durch die Assadregierung aufhielt, nahmen wir erneut den Weg über die rastlose libanesische Stadtautobahn am Meer entlang. An ihrem Rand gaben sich in gleißendem Neonlicht nicht nur westlicher Wirtschaftsgeist ein werbendes Stelldichein. Am darauf folgenden Sonntag würden Parlamentswahlen sein, deren Vertreter sich großflächig mit ihren Symbolfarben präsentierten: Orange, Violett, Blau-Rot, dazu die Forces Libanaises. Sie schauten auf die Checkpoints herab, die mir im Vergleich zum vergangenen Jahr weniger geworden zu sein schienen.

Tripoli dann die zweitgrößte Stadt des Libanon nicht weit vor der syrischen Grenze entfernt, zu durchqueren, ist ein Alptraum. Daran ändert auch der elegante Bau des Stadions, offensichtlich als Aushängeschild der Stadt konzipiert, nichts. Die Stadtautobahn ist zu einem reißenden Strom für Fortbewegungsmittel aller Art geworden, die ihre je eigenen Verkehrsgesetze dem Motorisierten erbarmungslos aufzwingen. Fahrzeuge, die von rechts entgegenkommen, sind keine Seltenheit. Und dies vorbei an einem Gewirr von Kleinbetrieben, Autowerkstätten,

Verkaufständen, Obst- und Fischauslagen, Stehcafés, Eindollar-shops mit ihrem billigen bunten chinesischen Plastikmüll.

Doch hinter Tripoli wird es endlich ruhiger. Jetzt sind es sorgfäl-tig angelegte Obstplantagen aller Art, die den Fahrweg bis zur Grenze hin begleiten. Auch kündigt sich hier auf Plakaten schon an, wes Geistes Kind die Bewohner sind: Der syrische Präsident Baschar al-Assad lässt sich zusammen mit dem einflussreichen religiösen Schiitenführer Nasrallah großflächig photographie-ren. Die Hisbollah ist nicht nur im Süden des Landes, auch hier im Norden ist sie politisch präsent.

Der Grenzort Aarida dann weckte noch einmal den unfreund-lichen Grenzübertritt in spätwinterlicher Kälte vom vergange-nen Jahr mit den vielen abweisenden Gesten. Doch dieses Mal erschienen mir die Grenzbeamten aufgeschlossener und um-gänglicher im Ton. Das Gitter, hinter dem sie mir wie verschanzt erschienen, sah ich nicht mehr. Der Fülle von Fähnchen mit der syrischen Flagge und dem Präsidenten waren zwei repräsenta-tive Plakate vom Präsidenten gewichen. Etwas muss in diesem einen Jahr geschehen sein, dachte ich mir.

Entlang der Straße Beirut – Aleppo

Das Unheimliche, das mir durch deutsche und französische Me-dien über Syrien und Aleppo vor Augen und zu Ohren gekom-men war, hielt mich in Angst und in einer permanenten Hab-achtstellung. Ich lag wie in Ketten, in die mich der Krieg, die Kriegsberichterstattung und Propaganda gefesselt hatten. Ich kam mir vor, als bewegte ich mich in einen Gefängnis der Ge-danken oder in einem Lazarettlager, glaubte, dröhnenden Bom-ben – und Granatenlärm zu hören und im Visier von Hecken-schützen zu sein.

Dass dem ganz anders war, bewies die 350 km lange karge Wegstrecke auf recht gut ausgebauten Straßen und Autobahnen zwischen Aarida und Aleppo. Die Gegend ist seit jeher arm. Manchmal wagte ich den Blick auf den Tachometer meines Taxis. 180 km zeigte er an. Streckenweise gab es zwar die nervenaufreibenden zeitaufwendigen Stopps an den etwa 50 gut bewachten Checkpoints mit der ritualisieren Kontrolle von Passphoto und Gesicht, dem Zustecken von kleinen Bestechungsgeldern an die Soldaten und dem Öffnen des Kofferraums. Es gab auch die unseligen Bodenschwellen und einzelne Schlaglöcher, die in der Wirbelsäule heftig nachfederten und schmerzten, aber insgesamt gesehen war der Weg friedlich. Militärfahrzeuge waren kaum unterwegs. Ich sah einen einzigen russischen Lastwagen, aus dem heraus uns Soldaten zugewunken haben. Weite Grün und Weideflächen mit Schaf und Ziegenherden begleiteten uns, dazwischen auch Plantagen, Weinanbau und Ansiedlungen, die intakt und unberührt vom Kriegsgeschehen waren. Da und dort erinnerten verrostete Autos, Busse und Tanklaster im Straßengraben an eine Zeit, die den Menschen und dem Kriegsmaterial den Tod brachte.

… Etwa fünfzig Kilometer vor Aleppo änderte sich allerdings die Szenerie radikal. Ich sah schmerzvoll die zerbombten unbetretbar und unbewohnbar gewordenen Häuser und Moscheen. Sie waren ihrer Funktion beraubt, Räume zu sein, die bergen und schützen, die dem Heiligen Raum geben. Vor allem die historischen aus Lehm gebauten Bienenkorbhäuser, die sich so wohl tuend fast wie Akzente oder Musiknoten von der monotonen Landschaft abhoben, erschienen mir wie Enthauptete. Der Tod hatte hier ein Leichentuch gewoben.

Wer trug die Schuld? Wer war der Henker auf dem Schafott dieser Landschaft?

Es war der Mensch seit Anbeginn, der seinen Bruder erschlägt, ebenso brutal wie Kain, der seinem Bruder den Vorsprung an

Zivilisation und Hingabe an Gott und die Menschen neidete. Er hatte in den modernen Apfel zur Erkenntnis seiner Freiheiten hinein gebissen, Freiheiten, die sich unbedacht in Willkür verwandeln können. »Er« – das waren die Großmächte, deren Führer wie Kinder egoistisch ihre Sandkastenspiele vor aller Augen oder auch hinterrücks spielen und mit einem Handstreich rücksichtslos entstandene politische Gebilde hinwegfegen können und die kleinen Mächte, die kuschen, wenn ihnen bei Einmischung vielleicht die Butter vom Brot genommen wird, wie auch religiöse Führer, die ihre Feindschaft im Namen Gottes Jahrhunderte lang kultivieren, um schließlich übers Militär selbstherrlich, mit Gott auf den Lippen, zu immer pervertierteren Schwertern zu greifen, um zu enthaupten, zu vergiften und zu vergewaltigen. Was nur ist aus dem Menschen geworden, der unbelehrbar wie schon vor aller Zeit besinnungslos wieder zur machtvollen Keule greift?

Mich überkam im Vorbeihuschen der zerstörten Häuser das Verlangen, hier wieder aufzubauen, an einem historisch geprägten Ort zu beginnen, Interessenten dafür einzuladen und diese toten Orte zeichenhaft mit Leben und Freude zu erfüllen. Aber was würden diejenigen dazu sagen und vor allem tun, die hier vor kurzem erst einen unheilvollen Teppich von Bomben und Granaten gelegt und der Weltöffentlichkeit ein grausames Szenario pervertierter Menschlichkeit präsentiert haben? Es wäre ein einsamer Weg.

Bei diesen Gedanken überzog die Morgensonne die leblosen Mauern mit einer goldenen Patina. Ich stellte mir vor, dass jetzt ihre frühen Strahlen in die ihrer Kuppeln beraubten Bienenkorbhäuser fielen und dort die Erinnerungen an ein ursprünglich lebendiges und organisches Zusammenleben weckte.

Als dann die erste mehrstöckige Häusersiedlung auftauchte, zerrann mein Traum. Die leeren Fenster erinnerten mich an Augenhöhlen, die man ihrer Sehkraft beraubt hatte – eine Geisterstadt, blutleer, tot bis ins Mark hinein, skelettiert, zum Gotterbarmen, ein Stadtteil in Grabesruhe.

Das Taxi näherte sich schließlich den inneren Stadtbezirken und Westaleppo. Welch ein Kontrast! Diese waren völlig intakt geblieben. Prachtvolle Bürgerhäuser, die in ihren Fassaden neobarocken Häusern in Europa ähnelten und den Reichtum ihrer Bewohner zur Schau trugen, Moscheen, die stolz ihre Minarette in den blauen Himmel reckten, breitflächig angelegte Klöster, die sich hinter übermannshohen Mauern verbargen, weit ausladende grünende Bäume, Wasserspiele in den Fontänen. Wohnungen, Geschäfte und Straßen waren in einem Zustand, der sich in nichts von dem einer vitalen deutschen Stadt unterschied – bis auf den penetranten Dieselgeruch, der aus den überall in der Stadt verstreuten Stromaggregaten hervorquoll und seinen Feinstaub auf die Stimmbänder, in die Lungen und Wohnungen verteilte.

Auch jetzt aus dem Rundbogenfenster, unter dem ich sinnierend stand, drang der Dieselgeruch wie ein schleichendes Gespenst empor und sprach von Zerstörung der Kraftwerke und von Hilflosigkeit gegenüber den sichtbaren und unsichtbaren Fängen des Krieges. Es war tatsächlich noch Krieg um Hama, Idlib und an der türkischen Grenze.

Naim, der Prothesenbauer

Meine Gastfamilie hatte mich überaus herzlich wie ein Familienmitglied empfangen und aufgenommen. Ihre Wohnung lag im ersten Stock eines Christenviertels, das Ordnung und Frieden ausstrahlte. Während wir auf dem Balkon den obligatorischen türkischen Kaffee mit arabischem Gebäck zu uns nahmen, dröhnte von der Straße herkommend die Stimme eines Milchverkäufers und pries lauthals »halib«, seine Milch an. »Von der Milch haben wir Aleppiner unseren Namen bekommen.« Halab«, Aleppo, leitet sich von »halib« (Milch) ab. Der Patriarch Abraham soll beim Durchzug mit seinen Herden durch unser Land auf unserer Zitadelle eine Kuh gemolken und deren Milch an Arme verteilt haben«, erklärte mir der Hausherr und verwies mich so auf die frühe Besiedlungsgeschichte der Stadt, die bis in die Zeit 3000 vor Christus zurückreicht und als eine der ältesten permanent bewohnten Städte auf der Erde gilt und als »Schaltstelle zwischen Europa und Asien«. (11)

Später erfuhr ich dann noch ihren arabischen Beinamen »die Graue« (esch Schahba) wegen der grauen Farbe ihrer Steine, aus denen sie aufgebaut ist und die der Stadt einen herben Charakter verleihen. (12)

Als ich im Sessel Platz genommen hatte und gemütlich meinen heißen überzuckerten türkischen Kaffee schlürfte, wurde mir plötzlich bewusst, dass ich seit 36 Stunden nicht geschlafen hatte. Ich fühlte mich innerlich wie aufgepeitscht, erzählte erregt fragend von meinen ersten überraschenden Eindrücken und von meinen Kontakten und Begegnungen in Deutschland und Frankreich mit Syrern und Arabern. Auch vom Image der Regierung von Baschar al-Assad. »Man geht mit diesem Land und seiner Regierung nicht ehrlich um«, war der Tenor der Gespräche im Raum. Was man damit sagen wollte, habe ich erst im Verlauf meines Aufenthaltes erfahren.

Beim Gespräch über mir bekannte Personen fiel auch der Name eines aleppinischen Prothesenbauers. Die Familie kannte ihn. »Er wohnt nur fünf Minuten von hier entfernt. Sollen wir ihn anrufen?« Kurze Zeit später kam er und nahm vor einer Zisterne in der Balkonecke Platz. Die Zisterne war notwendig geworden, als die Rebellen die Wasserquellen besetzt gehalten und der Stadt die Wasserzufuhr abgesperrt hatten. Damals hatte man im Schutz der Kirchen sogar innerhalb der Kirchen Brunnen gebohrt. »Wie kann jemand, der uns den Frieden bringen will, das Wasser abgraben?«, hatte mir eine Schülerin aus Aleppo damals geschrieben.

Was der Prothesenbauer Naim mir dann erzählte und mit Bildern aus seinem Smartphone dokumentierte, war Abscheu vor der Unmenschlichkeit des Krieges, war Horror und Hoffnungszeichen zugleich. Aus jedem Bild, das er mir zeigte, quoll ein erschütterndes Einzelschicksal hervor, das mir den Atem verschlug und Tränen hervorbrechen ließ. »Ein Mensch, der Aleppo das Gehen lehrt«, hat man Naim zu Recht in einem Artikel genannt. Alle Bilder gingen unter die Haut. Es waren Bilder des Grauens, die allesamt mit dem unheimlichen Monster »Krieg« verbunden waren. Er kennt kein unschuldiges Kindsein, schützt kein menschliches Organ, hasst die Schöpfung, hat Freude am Experimentieren mit Waffen und Todeswerkzeugen.

So sah ich ein Kind ohne Arme und Beine, ein Torso von Mensch, dann einen Jungen, dem beide Beine abgeschossen worden waren und der seine größte Freude darin fand, mit dem Bleistift, der an seinem rechten Beinstumpf festgebunden war, seinen Namen zu schreiben, ein Kind, dessen Gesicht so vom Feuer zerfressen war wie die ausgebrannten Ruinen, die ich mir in den folgenden Tagen ansehen musste, einen Soldaten, der ebenfalls sein Bein dem Moloch Krieg opfern musste. Bevor er dies tat, hat er noch mit seinem tödlich verwundeten Bein seinen schwer verletzten Kameraden ein Hundert Meter weit aus dem Schützengraben getragen.

Was sind das für Menschen und welche Wertigkeit sprechen wir ihnen zu, fragte ich mich, die Kriege im vollem Bewusstsein ihres Amtes und ihres Glaubens ersinnen, sie zu rechtfertigen suchen, einen erschreckend hohen Teil des Jahresbudgets eines Landes mit gutem Gewissen für sich beanspruchen, um eine Kriegsmaschinerie in Gang setzen, die sie aus der Ferne feige im bequemen Amtssessel über Bildschirme beobachten? Alle Diener und

Söldner des Krieges, vor allem die Kriegsindustriellen, die ihre veralteten Waffen loswerden wollen, um neue auszuprobieren, haben Schuld am Krieg. Alle sollten zuerst ihr »Mea culpa« sprechen, bevor sie es wieder wagen, einem gesunden menschlichen Antlitz ins Gesicht zu schauen. Ich wünsche ihnen einen Tag lang das durch einen Brand entsetzlich entstellte Antlitz jenes Jungen, den ich in Ostaleppo traf. Wie dumm und einfältig sind doch diese Menschen, die anstatt Wege der Versöhnung zu suchen und zu gehen, den seelenlosen Strategien des Verderbens anheim fallen. Sie sind selbst Amputierte, seelisch amputierte, ohne Hände, ohne Füße, ohne ein Herz für Mitleid und Erbarmen.

Beim Betrachten der Bilder fühlte ich mich mitten in den Krieg hineinversetzt. Er zeigte die Fratze des Bösen und Satanischen. Jede Prothese war ein ganz persönlich angefertigtes Kunstwerk. »Ich wachse noch. Werden Sie mir später weitere Prothesen bauen?«, fragte eines der Kinder. Und dann das Bild von der muslimischen Mutter, die kniend ihre Arme ausbreitet, um das Kind ohne Arme und Beine aber auf neu angemessenen Prothesen gehend aufzufangen. Was mag in diesem Mutterherz vor sich gegangen sein? Welche gemeinsame Zukunft mag sie sich in diesem Augenblick erdacht und erhofft haben?

Liebe breitete sich über das trostlose Bild.

Wie sollte ich dem Prothesenbauer antworten? Von zu Hause hatte ich das Bild einer jüngst ausgegrabenen spätrömischen Glasschale mitgebracht. Sie zeigt in ihrer Mitte die biblische Szene der Heilung des Gelähmten am Teich Betesda in Jerusalem. Jesus sagte damals zu ihm: »Nimm deine Trage und gehe umher!« Dieser nahm sie und ging tatsächlich vor aller Augen umher. Dieses Bild schenkte ich dem Prothesenbauer mit den Worten: »Ich habe bei dieser Szene an Sie gedacht.«

Er schaute mich dabei überrascht mit großen verstehen wollenden Augen an.

Aleppo – eine lebendige Stadt

Die Wirkung der Tablette zu Beginn meiner Nachtruhe, die mich hätte betäuben sollen, war nicht stark genug, mir einen ruhige Nacht zu verschaffen. Ich lag im Bann der gesehenen Bilder. Es war mehr als ein Sehen. Es war ein Schauen. Ich schaute in das Gesicht des Krieges und Kriegführenden aller Jahrtausende und ihrer Opfer. Im Traum sah ich Bilderfolgen, die kaum gesehen, wieder zerrissen, wie ein Film, der permanent ins Stocken gerät. Nichts drängte mich heute Morgen, die Vorhänge meines Zimmers zu öffnen, um nach Draußen in die Stadt hinein zu blicken. Die Stimme des Muezzins vor Sonnenausgang klang an diesem Morgen merkwürdig fremd, wie aus einer anderen Welt, der nichts Vertrautes und Harmonisches mehr anhaftete. In seinen schön gesungenen Ruf zum Morgengebet legte ich den Titel eines Buches hinein: »Ich liebe die Muslime, weil sie Gott lieben.« (13)

Ich stand dann doch auf, denn wir hatten den Frühstückstermin mit anschließender Taxifahrt durch die Stadt bis nach Ostaleppo vereinbart.

Das viermalige Aufschließen der Türen bis hin zum Gitterzaun, der mein Domizil in der Sankt-Georgs-Kirche umgab, erinnerte mich täglich an die Gefahr um das nackte Leben, das es im Krieg mit Gittertüren und Schlössern zu schützen galt. Meinem Zimmer gegenüber lag ein Krankenhaus, in dem bereits geschäftiges Treiben herrschte. Von Kriegswirren, die sich an anderen Orten jeweils an den Einschusslöchern im Verputz der Häuser offenbarte, war hier nichts zu sehen.

Ein gelbes Taxi mir fremder wohl chinesischer oder russischer Herkunft holte uns ab. Schnell war der Preis vereinbart: 200 syrische Lira, nicht mehr als ein bescheidenes Taschengeld für einen Europäer. Was wir durch die verschmutzten Autoscheiben sahen, war eine heile Welt. Üppige mehrstöckige Prachtbauten für Bürger einer uralten reichen Handelsmetropole mit mehr als eineinhalb Millionen Einwohnern, die eine bedeutende Schaltstelle zwischen Europa und dem Zweistromland vor allem für den Handel mit Textilien war, reihten sich aneinander. Der sich in vollem Frühjahrswuchs zeigende Stadtpark mit seinen Wasserfontänen als »grüne Lunge und Flaniermeile der Stadt« (14) und Spielplätzen für Kinder lud bereits am frühen Morgen zum Spaziergang ein. Regierungsgebäude, der Amtssitz des Präsidenten, Universitäten und Krankenhäuser, Hotels, um Aufmerksamkeit heischende prächtige Moscheen und sich hinter mannshohen Mauern verbergende Klosteranlagen, dichtester Verkehr, der das Überqueren der breit angelegten mehrspurigen Straße zum Risiko machte, all das war Ausdruck von Vitalität und Lebensmut. Mit fiel auf, dass der Präsidentenpalast kaum bewacht war, wie überhaupt es kaum Militär oder Polizei in der Stadt gab. Auch von Krieg keine Spur!

Das Taxi stoppte vor dem ehemaligen Kloster der Franziskaner. Sie hatten ihr Haus an hoch betagte Damen als letzte Bleibe ihres Lebens zur Verfügung gestellt. Wir begrüßten uns mit herzlichen Umarmungen. Man sah ihnen an, dass es ihnen gut ging, sie sahen zufrieden und gepflegt aus. Aus der Küche trug man den obligatorischen türkischen Kaffee herbei, dazu syrischen Kuchen aus Mehl und Gries, der mit Kokosflocken überzogen war.

Weiterfahrt dann zu den Ärmsten der Armen in Aleppo. Sie werden von sechs Schwestern Mutter Teresas aus Kalkutta liebevoll betreut. Wer leuchtende lebensfrohe Augen nicht kennt, sollte in die Augen dieser Schwestern blicken. Bis auf ihren Glauben und ihr Gottvertrauen haben sie auf alles verzichtet, was im materiellen Sinn reich macht. Ihr Reichtum sind die über fünfzig allesamt geistig und körperlich behinderten Armen, die von der Straße aufgelesen worden waren. Wie sie mittellos ihr Haus und die ganze Klosteranlage finanzieren können, ist ihnen selbst ein

Rätsel: »Gott sorgt« – und das Geld ist durch anonyme Spender irgendwann tatsächlich da! Der Staat bezahlt ihnen Wasser und Strom. Ich schämte mich, als ich der indischen Schwester beim Abschied einen 50 Euroschein in die Hand drückte, 20 E für den Rest des Tages waren mir noch im Geldbeutel verblieben.

Im Blick auf beide christliche Gemeinschaften war ich stolz darauf, dass es solche Menschen gibt, die zeichenhaft und uneigennützig aus ihrem Glauben heraus Glück und Freude, Zuversicht und Hoffnung verbreiten und sich dabei als Beschenkte erfahren.

Mittagessen dann in einem chicen Restaurant nahe dem Quweig, der Aleppo durchfließt. Hier neue diskrete Spuren des Krieges, auf die mich meine Gastfamilie aufmerksam machte: hohe Aluminiumbehälter, die als Wasserspeicher dienten. Man stellte sie dem Fluss entlang auf, als die Rebellen der Stadt das Wasser abdrehten. Darunter eine Galerie von Regalen, um möglichst viele Wasserkanister aufzunehmen.

Auf dem Mittagstisch entfaltete dann das Heer der Kellner die kulinarischen Schätze des Orients: Arak als Apéritif und begleitendes Getränk, gefolgt von tausendundeiner Köstlichkeit der arabischen Küche mit dem Kichererbsenbrei Hommos, dem Petersiliensalat Tabbule, pürierten Auberginen (Mutabbals), denen die Fisch -und Fleischgerichte wie Hühnchenspieße (Shis Tawuq) die Hackfleischbällchen (Kabab) mit diversen Salaten und Zutaten wie Reis mit Pinienkernen folgten.

Es war ein Fest für die Augen und den Magen. Beim Verlassen des Restaurants fiel mir das Lachen der Kinder auf, die in der Frühlingssonne und im fließenden Wasser des nahe gelegenen Quweig unbekümmert spielten.

Zum Kaffee und zur Mittagsruhe nach der Fülle von Eindrücken von einer pulsierenden Stadt fuhren wir in die Wohnung zurück.

Arabisches Leben

Der Schlaf hat den Tod zum Bruder. Er kündigt sich nicht an, schlägt dann, wenn man ihm begegnet, Gehirn und Herz. So geschah uns, als wir nach dem Mittagsschlaf vom Christenviertel ins Muslimviertel und dann ins zerstörte Ostaleppo hinübergingen. Beide Viertel trennt nur eine pulsierende Verkehrsinsel, deren Mittelpunkt eine moderne blau gekachelte abstrakte Plastik bildet. Ihr pyramidaler Aufbau musste irgendwie mit dieser Nahtstelle zwischen den beiden Vierteln zu tun haben. So genau wusste das niemand aus der Familie. »Ob ich gerade im Christenviertel oder Muslimviertel bin«, sagte mir eine deutsche Muslima, der ich im Flughafen von Beirut beim Ausfüllen des Visums half, »kann ich sofort an der dort herrschenden Ordnung erkennen.« So auch hier. Vielleicht ist es das Vorbild des Suq mit seiner lebendig quirlenden Vielfalt an Angeboten, das den Besucher in ein geheimnisvoll geordnetes Chaos eintauchen lässt. In ihm kennt sich gut nur derjenige aus, der hier diesen Lebensraum bewohnt.
Ohne mich von Vorurteilen gefangen nehmen zu lassen, betrat ich eine Welt, die schrill auf einer anderen aufprallt. Viele Frauen waren bis zu den Augen verhüllt. Eine Dame hatte sogar ihre bloßen Hände mit Handschuhen überdeckt. An der bedeckten Hand ihr Kind. Von den Balkonen blickten geschwärzte Sonnenschutzsegel herab, die wohl noch nie eine Waschmaschine gesehen hatten. Eine Boutique mit knallbunter Kleidung und sportlichen Markenschuhen reihte sich an die andere. Südfrüchte leuchteten von den Auslagen entgegen. Die ansteckende Lebendigkeit, so schien mir, kam von den Begegnungen und Gesprächen miteinander, für die man sich ausgiebig mit einem Teeglas in der Hand Zeit nahm. Der Nächste, dem ich begegne, ist mir wertvoll, für ihn nehme ich mir Zeit, auch um Neuigkeiten zu erfahren und auszutauschen.
Mitten in diesem Chaos ein winziger von Palmen überdeckter

muslimischer Friedhof, der von der Frische der Lettern her zu schließen erst jüngst angelegt worden war. An seinem Rand ein primitiv zusammen gebastelter Fassbombenwerfer mit platten Autoreifen.

Plötzlich bog der Pater in eine Seitengasse ein. Dort war es ruhiger, auch schattiger. Er läutete an einer unscheinbaren erneuerten Holztüre, die ein älterer ärmlich gekleideter Herr öffnete. Er war der neue Besitzer dieses altehrwürdigen arabischen Hauses aus dem 17. Jahrhundert. Es war in seiner Grundstruktur im Wesentlichen intakt geblieben. Mir ging die Seele auf! Denn unvermittelt konnte ich in die ursprüngliche arabische Kulturwelt und ihre Seele eintauchen. Sie umhüllte mich förmlich: In der Mitte das viereckige Wasser führende Brunnenbecken unterm schattigen weit ausladenden Blattwerk eines weiß blühenden und duftenden Baumes, ringsum organisch mit dem Sonnenlauf angelegte Gebäudeteile eines Ensembles, das sich auf viele Häuser aus dieser Zeit übertragen lässt: Den überdachten Diwan mit seiner kunstvoll gemeißelten Decke, schmückten in Stein gemeißelte Schriftzeichen und dekorative Symbole. Hier nahm man am Nachmittag bei größter Hitze den Tee ein. Ihm gegenüber die zum Teil mit barocken Blumen und biblischen Zitaten ausgemalten Speiseräume, darüber die Schlaf- und Privaträume, die nur durch eine viel stufige mit einem Eisengeländer versehene Außentreppe erreichbar waren. Über jedem Fenster die aufwendig poetisch gestalteten Fensterstürze aus Stein. In einem ähnlichen Haus könnte 200 Jahre zuvor der Dichter Hafiz gelebt und über den Wein, die Frauen und die Weisheit philosophiert und gedichtet haben, so inspirierend erschien mir das Ambiente des Hauses. Im Diwan könnte er ein Glas Wein in der Hand das Gedicht deklamiert haben:

»Der Weise hat im Glas des Weins / Verborgenes erkannt, denn es wird jedermanns Natur /durch die Perl erkannt.

Den Wert der Rose hat allein / die Nachtigall erkannt;
Nicht jeder, der ein Blättchen liest / hat auch den Sinn erkannt.

Die beiden Welten bracht' ich dar / dem viel erfahrenen Herz;
Es hat nur deiner Liebe Wert, den Rest für nichts erkannt ...« (15)

Dieses Haus war ein heiteres geschlossenes Ganzes, das Kultur atmete, das zum Atem holen einlud und die turbulente Zeit vergessen ließ.

In Ruinen ist immer Krieg!

Hundert Meter weiter die schmale von Steinen geräumte Gasse entlang erfasste mich das blanke Entsetzen. Angekündigt wurde es durch eine Ansammlung sorgfältig bearbeiteter sich auftürmender Steine, die den Eindruck erweckten, als sei in sie gerade erst eine Bombe gefallen. Balancierend und uns gegenseitig stützend liefen wir über diese ersten Spuren des Krieges, der Ostaleppo heimgesucht hatte, hinweg.
Im Vikariat der maronitischen Kirche hatten wir den Schlüssel für die älteste maronitische Kirche in diesem Viertel erhalten. Jetzt standen wir vor einer bescheidenen Eingangstüre zum Vorraum dieser Kirche. Das Schloss klemmte, als wolle es das geschützte Innere nicht den Blicken freigeben. Als wir öffneten, schlug uns der Krieg mit seiner hässlichen Fratze ins Gesicht. Ein unbeschreibliches Chaos von Steinen, zerfallenen Schränken, zerbrochenen Stühlen und verstaubten Sesseln, die sich mit Soldatenhelmen, Plastikflaschen und einem kaputten Motorrad wild vermischten, fiel in die Augen. Als ich den nächsten Raum, den eigentlichen Kirchenraum öffnete, überzog mich eine Gänsehaut und Tränen traten mir in die Augen. Er war ein

Nichtraum, ein Kraftfeld satanischer Kräfte, die hier gewütet hatten. Die Holzbalken, die einst das Dach trugen, ragten wie spindeldürre Arme und Fingerfinger einer ausgemergelten Gestalt in den grauen Himmel über Ostaleppo. Wie verdreckte Stofftücher bog sich das Dachblech in den Kirchenraum hinein. Der ursprünglich heilige Raum, der eine kosmische Ordnung symbolisieren sollte, war zerfetzt. Über den Boden zu gehen war unmöglich, wir mussten ihn übersteigen, angstvoll darauf bedacht, keine mögliche Tretmine zu berühren. Wir stiegen über ein Schlachtfeld mit zurückgelassenen Stahlhelmen, Gasmasken und Stiefeln. Dieser Raum war eine Müllkippe aus Steinen, Holz, Blech, Plastik, aus der ich auf der Suche nach Spuren des ehemals heiligen Raumes eine verstaubte Öllampe hervorzog. Ich reinigte ihre roten Gläser und stellte sie an die Eingangstüre.

Die muslimischen Nachbarn erzählten uns: »2014 hatte man diesen Raum bereits als Gebetsraum aufgegeben. Erst 2016 fiel die Bombe hinein. Keiner wusste, warum.« Hass ist wild, blind, willkürlich, untermenschlich. Der Blick in diesen Raum offenbarte aber auch den Pferdefuß des Hasses. An der Apsiswand hing noch gut erhalten, aber verstaubt, das Kreuz. Es hing dort als apokalyptisches Zeichen, der eine endzeitlich zerstörte Welt zu Füßen lag. »Seht, ich mache alles neu!« (Off 21,5) Die Erfüllung dieses biblischen Hoffnungswortes steht noch aus.

Wir verschlossen dieses Grab wieder. Ihm sollte nach links weitergehend ein ganz anderes gigantisches Gräberfeld folgen.

Im Grab Aleppos

Die seelische Not, in die mich der Besuch Aleppos hinein gestoßen hatte, gebiert merkwürdige Gedanken: Könnte ich eine

Kleidung wählen, um das der Maronitenkirche nahe gelegene Ruinenfeld angemessen zu betreten, dann würde ich mich für eine Kleidung entscheiden, die der schwarzen Burka ähnelte, um meiner Trauer über das Ungeheuerliche in Ostaleppo Ausdruck zu geben. Der Wahnsinn hatte sich hier unmittelbar hinter der Maronitenkirche ausgetobt. Er glotzte uns aus den Fensterhöhlen wie eine geistlose Ausgeburt eines Verrückten an, der hier mit brutalen Waffen sein Unwesen getrieben hat. Mir versagt die Sprache, das Ruinenfeld zu beschreiben, das sich vor uns wie ein horizontloser Friedhof ausbreitete. Die Wildheit zeigte sich am Verputz der Häuser, die von zahllosen Einschussverletzungen übersät waren. Wie Kartenhäuser waren die Mauern und Stockwerke in sich zusammen gestürzt. Die gepflasterten Gassen waren durch die Granateneinschläge und Bomben trichterförmig vertieft. Es war ein Blick in die Hölle.

Sogar die Laternenmasten waren dutzendfach von Gewehrkugeln durchlöchert. Wo einst eine Schule stand und geistiges Leben sich entfaltete, wo Kinder lachten und tobten, stapelten sich jetzt weiße Plastiksäcke, die man mit Sand aufgefüllt hatte. Sie trugen den blauen Aufdruck »UNHCR« Wie zynisch und pervers kann ein Krieg sein!

Im Erdgeschoß einer Ruine saßen drei kleine Kinder. Ihre Kleider waren verstaubt wie das Ruinenfeld. Ihre Augen leer, wie von einem Schleier überzogen. Sie begannen auch dann nicht zu leuchten, als ich dem Mädchen einen Riegel Chewinggums mit der Bitte um Weitergabe an ihre beiden Begleiterinnen anbot. Das Mädchen griff hastig danach, bedankte sich aber nicht, schaute zu Boden und behielt das Päckchen zunächst einmal für sich. Schließlich nahm sie für einen Moment scheu Blickkontakt mit mir auf und gab es dann zögerlich weiter.

Aus dem Hintergrund des Raumes, der nichts als eine schmutzige Höhle war, kam dann lachend ihr Vater, wohl ein Muslim, auf uns zu. Sogar seine Wimpern hatten das Grau des Staubes

aufgefangen. In der Hand hielt er einen Bronzeguss der Abend-
mahlsszene vom Gründonnerstagabend in Jerusalem, der wie
die ganze Umgebung mit einer dicken Staubschicht überzogen
war. Ich nahm etwas Spucke und reinigte zumindest das winzige
Relief des kreisförmigen Brotes, das Jesus in der rechten Hand
hielt, vom Staub. Beim Reinigen des Brotes kamen drei Buchstaben zum Vorschein, die aufgedruckt waren: IHS – frühchristliche
Abkürzung für »Jesum habemus socium«, d.h. »Wir haben Jesus
zum Bundesgenossen.« Man könnte den Ort und den Kontext,
in dem mir dieses zentrale Geheimnis der Gottesbegegnung für
einen Christen entgegen kam, als Zynismus des Himmels deuten
oder aber als tatsächliche Teilhabe Syriens am Schicksal Jesu
von Nazareth, an einem Geschehen, das auch ihm widerfahren
war, als man ihn zur Ruine machte und mit Erde und Staub be-
deckte. Wieviel Staub liegt nicht nur über diesem Bronzeguss,
sondern auch über den Kenntnissen, die die Religionen im Land
voneinander haben! Es ist ein Staub gemischt aus Vorurteilen,
Unkenntnis, Desinteresse und geschichtlicher Lasten, der jede
klare Sicht verhindert und blind füreinander macht.

Ich fühlte mich plötzlich wahnsinnig einsam, von Gott und der
Welt verlassen, Kräften ausgesetzt, die stärker waren als der
Mensch, die unmenschlich waren und gegen alles Gute, Liebende und Harmonische das hässliche Schwert der Vernichtung
zückten, um ihnen den Todesstoß zu versetzen. Wie nur können
Menschen, Kinder vor allem, hier leben, fragte ich mich. Hier
kann man nicht leben, nur überleben, vielleicht vegetieren, zu
einem leblosen Stein mutieren, der sich eines Tages blind gegen
die Menschheit schleudert.

Und doch geht das Leben weiter. Eine Mutter in buntem Gewand
und offenem Gesicht kommt mir mit drei ihrer Kinder entgegen.
Eines davon stellt sich in Positur, um photographiert zu werden:
»Hier lebe ich, schaut mich an, ich bin mit meiner Familie stark.«
Beim Weitergehen lädt uns ein Muslim ein, auf das erhaltene

Minarett zu steigen. Von Oben blickte ich auf den so tragisch untergegangenen Stadtteil, aber auch auf einen üppig blühenden Granatapfelbaum, der mit seiner ganzen Lebenskraft überlebt hatte. Der Gebetsraum am Minarett wird gerade durch mehrere Arbeiter mit Marmorfließen renoviert. Bald wird hier wieder gebetet werden. Einige Schritte weiter rieche ich den Duft von Brot, das in einer halb verfallenen Bäckerei aus dem Ofen geholt wurde, in einer anderen Nische spielen zwei Männer ein arabisches Brettspiel: An einer Ecke wird ein Lebensmittelgeschäft eröffnet, Obstkarren fahren durch die holprigen Straßen.

Beim Verlassen des Viertels fällt mein Blick auf eine einsame Säule, die den Eingang zur ehemaligen Polizeistation schmückte. Zwei Gewölbebogen nach links und rechts gingen von ihr aus. Sie war gut erhalten und mit einem Kapitell aus stilisierten Blättern versehen. Diese Säule vor einem zerstörten Haus, das einst für Recht und Gerechtigkeit eintrat, dachte ich mir, behauptet sich alleine gegen das Chaos, sie trägt und gibt ihre friedlichen Tragekräfte weiter. Sie sollte für die Zukunft dieses Landes stehen, das aufrechter Menschen bedarf, wie sie die Säule darstellt. Aufrecht – aber mit welchen Maßstäben? Das zerstörte Ostaleppo weist eindrücklich darauf hin, dass menschliche Gerechtigkeit immer eine neue Kette von Gerechtigkeiten erzeugt, die dadurch Recht schaffen wollen, dass man den potentiellen Feind immer wieder neu bestraft, indem man ihm Versöhnung und damit zwangsläufig den Frieden verweigert.

Offenkundig bewegt sich das Land in Richtung größeren Friedens. Am 11.12.2016, elf Tage vor der Vertreibung des IS und der Rebellen aus Aleppo, schreibt noch der syrische Schriftsteller Noriz Malek (17) von der Stadt Aleppo als einem »größeren Gefängnis« als seine Wohnung, von »fest installierten und fliegenden Checkpoints, an denen es an Soldaten und Waffen wimmelt«, von der »Normalität, dass ein Panzer auf der Straße vorbeifährt« oder dass in der Nähe »tausende Schüsse auf einen jungen Mann abgegeben werden, der an dieser oder jener Front getötet wurde«.

Ich habe Aleppo nicht als Gefängnis erlebt und konnte mich auch in der Nacht völlig frei bewegen. In Aleppo selbst habe ich keine Checkpoints gesehen. Ich bin auch nicht von Soldaten oder Polizisten kontrolliert worden. Entsprechend habe ich auch keine Waffen gesehen, keine Panzer und habe keine Schüsse irgendwelcher Art gehört.

Mit seinem Wunsch am Ende seines Buches stimme ich auf Grund dessen, was ich an Lähmung, Resignation und darnieder liegenden Häusern, Bauten und Feldern gesehen habe, mit Vorbehalt darin überein, dass »jeder Syrer in seine Heimat zurückkehre, in seine Stadt, sein Dorf, sein Haus.« Diese Forderung Maleks erscheint mir zu radikal im Blick auf die Wurzeln, die bereits viele Syrer gerade durch ihre Kinder in Deutschland geschlagen haben.

Er schreibt weiter: »Dass die Syrer ihr Land wieder aufbauen« Darum geht es auch mir als kritischem Beobachter. Syrien bedarf dringend motivierter kreativer Kräfte, die ihr Land wieder aufbauen.

Mit einem Wunsch, der wohl tief in der Seele eines Syrers wurzelt, schließt er sein Buch. Seine Landsleute mögen wieder zurück kommen, die »Gräber ausheben, um ihre Toten angemessen zu bestatten, die Toten beider Seiten des Konflikts, und dass sie vor jedem Grab eine hoch aufragende Zypresse pflanzen und diese mit einem Blumenbeet umgeben. Und dass der Friede Einzug hält.« (17)

Gedichte aus dem Trümmerfeld von Ost-Aleppo

Frieden
(inspiriert vom Gedicht »Freiheit« von Paul Eluard, 18)

Auf mein Tagebuch aus Aleppo
Auf Bücher und Hefte
Auf den Staub in der Stadt
Schreibe ich deinen Namen

Auf die Katze im Sprung auf die Taube
Auf das weinende Bettlerkind vor Mitternacht
Auf die schlaflosen Nächte
Schreibe ich deinen Namen

Auf die wortlosen Schreie der Steine
Auf die verbrannten Wedel der Palmen
Auf die einsame Säule der Polizeistation
Schreibe ich deinen Namen

Auf die zerschossenen Türen
Auf den leeren Blick der Fensterhöhlen
Auf den Kugelregen an den Hauswänden
Schreibe ich deinen Namen

Auf die Bleifetzen vom Dach der Maronitenkirche
Auf die Soldatenhelme mitten im Kirchenraum
Auf die zerfetzten Sessel und Stühle
Schreibe ich deinen Namen

Auf das Spiel der Kinder im zerbombten Haus
Auf ihren Vater mit dem Staub auf den Wimpern
Auf das verschmutzte Bild Jesu aus den Trümmern
Schreibe ich deinen Namen

Auf Aleppos Trümmerfeld bei Sonnenuntergang
Auf die zusammengeklappten Häuser
Auf die Schlaglöcher in den Gassen
Schreibe ich deinen Namen

Auf die geborstenen Arkaden des Suq
Auf das Grau und Schwarz der Karawansereien
Auf den einst verminten Zitadellenberg
Schreibe ich deinen Namen

Auf das angeschossene Minarett
Auf die abgehängten Ikonen
Auf die vor Hitze verbogenen Kerzen
Schreibe ich deinen Namen

Auf die Granatenfunde in der armenische Kirche
Auf die zu Boden gestürzte Kuppel der Elias-Kathedrale
Auf den Steineregen über dem Boden der russischen Kirche
Schreibe ich deinen Namen

Auf die Burkas der Mütter in den verstaubten Gassen
Auf ihre schwarzen Handschuhe in praller Sonne
Auf die halbierte Schaufensterpuppe
Schreibe ich deinen Namen

Auf die geschwärzten Sonnensegel der Balkone
Auf die geleerten Zisternen
Auf den Rost der angeketteten Fahrräder an der Wand
Schreibe ich deinen Namen

Auf den Schutt und die Asche der Großen Moschee
Auf die Risse in den Hauswänden

Auf die weißen Sandsäcke in der ausgebrannten Schule
Schreibe ich deinen Namen

Auf das Weinen im Herzen
Auf das Vergeben und Verzeihen
Auf die wiederkehrenden Kräfte
Schreibe ich deinen Namen
Frieden

Gedanken über die Zeit im Trümmerfeld von Ost-Aleppo

was heute ist
war gestern
aber gestern war da nicht
was kann dann morgen sein

Doppeltes Leid

Ich suche die Buchstaben
für das Unsagbare
sie weigern sich
das gestaltlos Gewordene
in Worte zu fassen
was bleibt
ist wortloser Schmerz und
die Angst
vor dem Menschen

Amputierte Stadt

Fensterhöhlen als Augen
gebrochenes Rückgrat
Bomben im Leib
Gliedmaßen zu Stümpfen zerhackt
der Seele beraubte Menschen
wirrer Geist irrt umher

wer heilt diese tödlichen Wunden

Zitadelle von Aleppo

ein ewiges Aufbäumen
des Schönen
gegen die Verzweiflung
man hat ihr das ewig Gute und Schöne
geraubt

Lügen

Granaten
fielen
auf das Wort Wahrheit

zersplitterten
ihre schönen Buchstaben
bis auf das E
das es
angeschwärzt
mit der Lüge gemeinsam hat

Stein

Gottes Beinamen für den
der Ihn nicht zu nennen wagte
wurde Staub

wir laufen in Seiner Geschichte
mit uns Menschen umher

Hoffnungszeichen

ein blühender Granatapfelbaum
mitten in Ruinen

ein Hirte wacht
über grünenden Weideflächen für Schafe und Ziegen

Wasserfontänen spielen
mit den Frühlingswind

die drei enthaupteten Palmen
treiben neu aus

Regentropfen waschen den Staub
von marmorierten Steinen

die Abendsonne legt sanft ihren goldenen Schleier
über das Ruinenfeld
ins Herz der Liebenden
dieser Stadt

Einsamer Laternenmast

von Kugeln durchsiebt
hebt er seine geöffneten Augen
zum Himmel

woher kommt mir Hilfe

Ein Bauarbeiter im Suq von Aleppo

Stein für Stein
baut er alleine an der Hoffnung
fügt ihre zerbrochenen Worte
zum Bogen

vertraut bis in die Seelenspitze hinein
dass man hier
wieder wohnen feilschen und lieben wird

Schlaflose Nächte

ich weiß nicht mehr
wie das Schlafen geht

es muss eine Oase sein
vom Mondlicht beschienen
mit paradiesischen Träumen
die eine sich selbst heilende Seele webt

ich weiß nicht mehr
wie das Träumen geht

Gottes Sprache hier verstehen

Nur im Loslassen
gehe Ich auf

selbst das Schöne
loslassen
Kirchen Moscheen die schönen Formen
den Stolz und Hass
loslassen

damit das Unverhüllte
zum Vorschein kommt
die Wahrheit
dass wir alle zerbrechliche Geschöpfe
mit nur e i n e m Leben sind

Appell an Aleppo

Steh wieder auf
gebrochene Stadt
nimm deine Jahrtausende alte Hoffnung
und geh umher

fall nicht über die wilden Steine
zu deinen Füßen

stürz nicht in dich zusammen
wie die weißen Kuppeln der Kirchen und Moscheen

reib deine Augen im Morgenlicht
die Hoffnung
als deine ewige Braut wieder zu sehen

Muezzinruf und Glockenklang über Aleppo

der eine ruft: Kommt zum Gebet
die andere: Christ ist erstanden

der eine weiß: Gott ist groß
die andere: Gott wird Mensch

der eine singt Gottes Wort vom Leben
die andere die frohe Botschaft von der Liebe

der eine verhüllt in Schwarz den Leib
die andere deckt die Liebe zum Christuslicht auf

doch

beide gehen gemeinsam über dieselbe Erde
mit demselben Leib
denselben Sinnen

steigen auf ewigen Stufen
zur erhofften Zukunft hinauf

neue Hoffnungszeichen

zwischen den Mauerfugen
Frühlingsblüten
Abdullah Nur geborgen im Arm seiner Mutter
helles Kinderlachen aus schulischen Mauern
inniges Beten und Singen vorm Goldglanz der Ikonen
der fromme Ruf des Muezzin im Morgenerwachen
Gastfreundschaft die aus dem Herzen kommt
mit festlich geteiltem Mahl
verführerisch schöne Augen
aus tausendundeiner Nacht

Friedenssehnsucht
im Herzen der Frommen

Literaturnachweis

(1) Assaf, Yussuf, Simon, Sieh die Nachtigall, Bruder, Stuttgart 1985, S. 11.
(2) Hamilton Edith, La mythologie, Verviers 1978, S.87f.
(3) ICO, Nr.57, Linz 2015, S.4.
(4) Clémence Helou, Apocalypse de Jésus-Christ, Paris 1997, S. 7f.
(5) Ghanem, Der Berg der Eremiten, Berlin 2004, S.23.
(6) zit. in: Obert, Michael, Libanon, Kunst und Kultur, S. 88.
(7) Kafka, Franz, Vor dem Gesetz, Frankfurt.
(8) L'Orient-le-Jour, Dezember 2016.
(9) Baudelaire, Charles, Die Blumen des Bösen, S. 239.
(10) ders., S. 247.
(11) HB, Bildatlas 41, Syrien, Hamburg, o.J., S. 63.
(12) Die blauen Führer, Paris 1966, S. 366.
(13) Anawati, Georges, Ich liebe die Muslime, weil sie Gott lieben, Freiburg 2014.
(14) HB Bildatlas 41, op.cit., S. 66.
(15) Hafis, Der Diwan, Wiesbaden 2013, S. 40.
(16) Malek Niroz, Der Spaziergänger von Aleppo, Bonn 2017.
(17) ders. S. 136-137.
(18) Eluard Paul, in: Parrot, Louis, Paul Eluard, Neuwied 1966, S.111-114.
Jahresberichte libanesischer Schulen von 2003 bis 2016

Der Erlös des Buches ist für die christlichen wie muslimischen Schülerinnen und Schüler der Al-Inaiet-Schule in Aleppo bestimmt.